还有话说

季羡林

中央党校出版集团◎大有书局

图书在版编目（CIP）数据

还有话说 / 季羡林著 . -- 北京：大有书局，2020.11
ISBN 978-7-80772-017-1

Ⅰ . ①还… Ⅱ . ①季… Ⅲ . ①序跋—作品集—中国—当代 Ⅳ . ① I267

中国版本图书馆 CIP 数据核字（2020）第 195252 号

书　　名　还有话说
　　　　　HAIYOU HUASHUO
作　　者　季羡林　著
选 编 者　吕玉勤
特约编辑　王佩芬　白　雪
责任编辑　张媛媛
出版发行　大有书局
　　　　　（北京市海淀区长春桥路 6 号）
综 合 办　（010）68929273
发 行 部　（010）68922366
经　　销　新华书店
印　　刷　中煤（北京）印务有限公司
版　　次　2020 年 11 月北京第 1 版
印　　次　2020 年 11 月北京第 1 次印刷
开　　本　145 毫米 ×210 毫米　1/32
印　　张　7.75
字　　数　124 千字
定　　价　52.00 元

《中国女书集成》序

季羡林

我虽然也算是一个研究语言文字的人，而且从事此项工作时间已经超过半个世纪；然而我却从来没有听说什么"女书"。去年赵丽明女士告诉我关于女书的一些情况，我真是大吃一惊，感到闻所未闻，见所未见。宇宙之大真是无奇不有，而我自己"孤陋寡闻"的水平也颇可观了。

最近赵丽明及其合作者撰写《中国女书集成》成，征序于我。我忙于杂务，无暇对女书作细致的研究。然而对赵丽明女士等探求新事物之精神和筚路蓝缕之功绩，实在是由衷地佩服。这样的精神和这样的功绩，在中国学术界不是每个人都能有的。写序的要求，我无论如何也无法拒绝。但自己既然是外行，内行话是说不出来的。如果打肿了脸充胖子，硬着头皮去说，则必然会贻笑大方，这也为我所不取。无已，就谈一点感想吧。

我认为，女书实在是中国人民伟大精神的表现。众所周知，在旧社会，劳动人民受到压迫，受到剥削，受到歧视，他们被剥夺了学习文化的权利。大量的文盲就由此产生。而旧社会的妇女，更是处于被压迫、被剥削、被歧视者

季羡林稿纸（20×25=500）　第 一 页

《〈中国女书集成〉序》手稿（部分）

季羡林与《弥勒会见记》剧本残卷

2006 年 1 月 26 日，季羡林借助高倍放大镜读书

目　录

《季羡林选集》跋

我确实从来也没有想到，竟能在香港出版一本选集。我生长在祖国偏北的省份，小学、中学、大学都是在北方上的。但是，我同极南端的香港却似乎很有缘。远在四十年代中期，当我从欧洲回国的时候，我就曾在香港住过一段时间。隔了四年，在建国初期，我随着一个文化代表团出国访问，来去都曾在香港住过。又过了四年，我又经过香港出国。前年春天，我从国外访问回来，又在香港住了几天。第一次是住在山下，对香港社会了解得比较深入。但这仅仅是香港的一个方面。以后三次，都是住在摩星岭上，这是香港的又一个方面。两面加起来，就构成了一个全面的香港。因此，总可以说，我对香港已经有所认识了。

我认识的是一个什么样的香港呢？

在山下面，地小、人多、街道极窄。路上的行人，熙熙攘攘，摩肩接踵。招牌和霓虹灯，五光十色，琳琅满目。橱窗里陈列的货品，堆积如山。似乎到处都有饭馆子，广东烤肉、香肠，挂满窗口，强烈地刺激着人们的食欲。留长头发穿喇叭裤的男女青年，挺胸昂首，匆匆忙忙地来往走路。在从前的时候，从头顶上不时还隐约飘来阵阵打麻将牌的声音。

在山上面，则另是一番景象。别墅林立，街道光洁，空气新鲜，环境阒静。山前是一湾明镜般的海面。海上气象万千，随时变幻。有时海天混茫，有时微波不起。碧琉璃似的海水有时转成珍珠似的白色。特别是在早晨，旭日东升，晓暾淡红，海面上帆影交错，微波鳞起。极目处黛螺似的点点青山，我几疑置身世外桃源。

山上山下，气象几乎完全不同。但是各有其特点，各极其妙。我认识的就是这样一个香港。

这样一个香港，我心里是非常喜欢的。因此，让我自己写的东西能够同香港联系在一起，能够在香港出版，我也是非常高兴的。

但是，我心里又有点不踏实：我写的这一些东西对于香港的读者、对海外的华侨读者究竟有什么用处呢？中国的旧式文人有的有一种非常恶劣的习气：文章是自己的好。

这种习气，我幸而沾染得不算太浓，我还有一点自知之明。我总怀疑，我这些所谓散文，不会有多大的用处。但是，我当然也不会觉得，自己写的东西是一堆垃圾，一钱不值。不然我绝没有胆量，也不应该在香港出版什么选集。

那么，我究竟想对香港读者和华侨读者说些什么呢？

我从小就喜欢舞笔弄墨。我写这种叫做散文的东西，已经有五十年了。虽然写的东西非常少，水平也不高；但是对其中的酸、甜、苦、辣，我却有不少的感性认识。在生活平静的情况下，常常是一年半载写不出一篇东西来。原因是很明显的。天天上班、下班、开会、学习、上课、会客，从家里到办公室，从办公室到课堂，又从课堂回家，用句通俗又形象的话来说，就是，三点一线。这种点和线都平淡无味，没有刺激，没有激动，没有巨大的变化，没有新鲜的印象，这里用得上一个已经批判过的词儿：没有灵感。没有灵感，就没有写什么东西的迫切的愿望。在这样的时候，我什么东西也写不出，什么东西也不想写。否则，如果勉强动笔，则写出的东西必然是味同嚼蜡，满篇八股，流传出去，一害自己，二害别人。自古以来，应制和赋得的东西好的很少，其原因就在这里。宋代伟大的词人辛稼轩写过一首词牌叫做《丑奴儿》的词：

少年不识愁滋味，爱上层楼。爱上层楼，为赋新词强说愁。

而今识尽愁滋味，欲说还休。欲说还休，却道天凉好个秋。

要勉强说愁，则感情是虚伪的，空洞的，写出的东西，连自己都不能感动，如何能感动别人呢?

我的意思就是说，千万不要勉强写东西，不要无病呻吟。

即使是有病呻吟吧，也不要一有病就立刻呻吟，呻吟也要有技巧。如果放开嗓子粗声嚎叫，那就毫无作用。还要细致地观察，深切地体会，反反复复，简练揣摩。要细致观察一切人，观察一切事物，深入体会一切。在我们这个林林总总的花花世界上，遍地潜伏着蓬勃的生命，随处活动着熙攘的人群。你只要留心，冷眼旁观，一定就会有收获。一个老妇人布满皱纹的脸上的微笑，一个婴儿的鲜苹果似的双颊上的红霞，一个农民长满了老茧的手，一个工人工作服上斑斑点点的油渍，一个学生琅琅的读书声，一个教师住房窗口深夜流出来的灯光，这些都是常见的现象，但是倘一深入体会，不是也能体会出许多动人的含义吗?你必须把这些常见的、习以为常的、平凡的现象，涵润在心中，融会贯通。仿佛一个酿蜜的蜂子，酝酿再酝酿，直到酝酿成熟，使情景交融，浑然一体，在自己心中形成了一幅“成竹”，然后动笔，把成竹画了下来。这样写成的文章，怎么能不感动人呢?

我的意思就是说，要细致观察，反复酝酿，然后才下笔。

创作的激情有了，简练揣摩的功夫也下过了，那么怎样下笔呢？写一篇散文，不同于写一篇政论文章。政论文章需要逻辑性，不能持之无故，言之不成理。散文也要有逻辑性，但仅仅这个还不够，它还要有艺术性。古人说：“言之无文，行之不远。”又说：“不学诗，无以言。”写散文决不能平铺直叙，像记一篇流水账，枯燥单调。枯燥单调是艺术的大敌，更是散文的大敌。首先要注意选词造句。世界语言都各有其特点，中国的汉文的特点更是特别显著。汉文的词类不那么固定，于是诗人就大有用武之地。相传宋代大散文家王安石写一首诗，中间有一句，原来写的是：“春风又到江南岸”。他觉得不好，改为：“春风又过江南岸”。他仍然觉得不好，改了几次，最后改为：“春风又绿江南岸”。自己满意了，读者也都满意，成为名句。“绿”本来是形容词，这里却改为动词。一字之改，全句生动。这种例子中国还多得很。又如有名的“鸟宿池边树，僧敲月下门”，原来是“僧推月下门”，“推”字太低沉，不响亮，一改为“敲”，全句立刻活了起来。中国语言里常说“推敲”就由此而来。再如咏早梅的诗：“昨夜风雪里，前村数枝开”（此处应为前村风雪里，昨夜数枝开。——编者注），把“数”字改为“一”字，“早”立刻就突出了出来。中国旧诗人很大一部分精力，就用在炼字上。我想，其他国家的诗人也在不同的程度上致力于此。散文作家，不仅仅限于遣词造句。整篇散文，都应该写得形象生动，诗意盎然。让读者读了以后，好像是读一首好诗。古今有名的散文作品很大一部分是属于这一个类型的。中国古代的诗人曾在不同的时期提出不同的理论，有的主张神韵，有的主张性灵。表面上看起来，有点五花八门，实际上，他们是有共同的目的的。他们都想把诗写得新鲜动人，不能陈陈相因。我想散文也不能例外。

我的意思就是说，要像写诗那样来写散文。

光是炼字、炼句是不是就够了呢？我觉得，还是不够的。更重要的还要炼篇。关于炼字、炼句，中国古代文艺理论著作中，其中也包括大量的所谓“诗话”，讨论得已经很充分了。但是关于炼篇，也就是要在整篇的结构上着眼，也间或有所论列，总之是很不够的。我们甚至可以说，这个问题似乎还没有引起文人学士足够的重视。实际上，我认为，这个问题是非常重要的。

炼篇包括的内容很广泛。首先是怎样开头。写过点文章的人都知道：文章开头难。古今中外的文人大概都感到这一点，而且做过各方面的尝试。在中国古文和古诗歌中，如果细心揣摩，可以读到不少的开头好的诗文。有的起得突兀，如奇峰突起，出人意外。比如岑参的《与高适薛据登慈恩寺浮图》开头两句是："塔势如涌出，孤高耸天宫。"诗歌的开篇把高塔的气势生动地表达了出来，让你非看下去不行。有的纡徐，如春水潺湲，耐人寻味。比如欧阳修的《醉翁亭记》的开头的一句话："环滁皆山也。"用"也"字结尾，这种句型一直贯穿到底。"也"仿佛抓住了你的心，非看下去不行。还有一个传说，欧阳修写《相州昼锦堂记》的时候，构思多日，终于写成，派人送出去以后，忽然想到，开头还不好，于是连夜派人快马加鞭把原稿追回，另改了一个开头："仕宦而至将相，富贵而归故乡，此人情之所荣，而今昔之所同也。"这样的开头有气势，能笼罩全篇，于是就成为文坛佳话。这样的例子还可以举出几十几百。这些都说明，我们古代的文人学士是如何注意文章的开头的。

开头好，并不等于整篇文章都好。炼篇的工作才只是开始。在以下的整篇文章的结构上，还要煞费苦心，惨淡经营。整篇文章一定要一环扣一环，有一种内在的逻辑性。句与句之间，段与段之间，都要严丝合缝，无懈可击。有人写文章东一榔头，西一棒槌，前言不搭后语，我认为，这不是正确的做法。

在整篇文章的气势方面，也不能流于单调，也不能陈陈相因。尽管作者每个人都有自己的独特的风格，应该加意培养这种风格，这只是就全体而言。至于在一篇文章中，却应该变化多端。中国几千年的文学史上，出现了许多不同的风格：《史记》的雄浑，六朝文的秾艳，陶渊明、王维的朴素，徐、庾的华丽，杜甫的沉郁顿挫，李白的流畅灵动，《红楼梦》的细腻，《儒林外史》的简明，无不各擅胜场。我们写东西，在一篇文章中最好不要使用一种风格，应该尽可能地把不同的几种风格融合在一起，给人的印象就会比较深刻。中国的骈文、诗歌，讲究平仄，这是中国语言的特点造成的，是任何别的语言所没有的。大概中国人也不可能是一开始就认识到这个现象，一定也是经过长期的实践才摸索出来的。我们写散文当然与写骈文、诗歌不同。但在个别的地方，也可以尝试着使用一下，这样可以助长行文的气势，使文章的调子更响亮，更铿锵有力。

文章的中心部分写完了，到了结束的时候，又来了一个难题。我上面讲到：文章开头难。但是认真从事写作的人都会感到：文章结尾更难。

为了说明问题方便起见，我还是举一些中国古典文学中的例子。上面引的《醉翁亭记》的结尾是“太守谓谁？庐陵欧阳修也。”以“也”字句开始，又以“也”字句结尾。中间也有大量的“也”字句，这样就前后呼应，构成了一个整体。另一个例子我想举杜甫那首著名的诗篇《赠卫八处士》，最后两句是“明日隔山岳，世事两茫茫”。这样就给人一种言有尽而意无穷的感觉。再如白居易的《长恨歌》，洋洋洒洒数百言，或在天上，或在地下。最后的结句是：“天长地久有时尽，此恨绵绵无绝期。”也使人有余味无穷的意境。还有一首诗，是钱起的《省试湘灵鼓瑟》，结句是：“曲终人不见，江上数峰青。”对这句的解释是有争论的。据我自己的看法，这样结尾，与试帖诗无关。它确实把读者带到一个永恒的境界中去了。

上面讲了一篇散文的起头，中间部分和结尾。我们都要认真对待，而且要有一个中心的旋律贯穿全篇，不能写到后面忘了前面，一定要使一篇散文有变化而又完整，谨严而又生动，千门万户而又天衣无缝，奇峰突起而又顺理成章，必须使它成为一个完美的整体。

我的意思就是说，要像谱写交响乐那样来写散文。

写到这里，也许有人要问：写篇把散文，有什么了不起？可你竟规定了这样多的清规戒律，不是有意束缚人们的手脚吗？我认为，这并不是什么清规戒律。任何一种文学艺术形式，都有自己的一套规律，没有规律就不成其为文学艺术。一种文学艺术之所以区别于另一种文学艺术，就在于它的规律不同。但是不同种的文学艺术之间又可以互相借鉴，互相启发，而且是借鉴得越好，则这一种文学艺术也就越向前发展。任何国家的文学艺术史都可以证明这一点。

也许还有人要问：古今的散文中，有不少的是信笔写来，如行云流水，本色天成，并没有像你上面讲的那样艰巨，那样繁杂。我认为，这种散文确实有的，但这只是在表面上看来是信笔写来，实际上是作者经过了无数次的锻炼，由有规律而逐渐变成表面上看起来摆脱一切规律。这其实是另外一种规律，也许还是更难掌握的更高级的一种规律。

我学习写散文，已经有五十年的历史了。如果说有一个散文学校，或者大学，甚至研究院的话，从年限上来看，我早就该毕业了。但是事实上，我好像还是小学的水平，至多是中学的程度。我上面讲了那样一些话，绝不意味着，我都能做得到。正相反，好多都是我努力的目标，也就是说，我想这样做，而还没有做到。我看别人的作品时，也常常拿那些标准来衡量，结果是眼高手低。在五十年漫长的时间内，我搞了一些别的工作，并没有能集中精力来写散文，多少带一点客串的性质。但是我的兴致始终不衰，因此也就积累了一些所谓经验，都可以说是一得之见。对于专家内行来说，这可能是些怪论，或者是一些老生常谈。但是对我自己来说，却有点敝帚自珍的味道。《列子·杨朱》篇讲了一个故事：

> 昔者宋国有田夫，常衣缊黂，仅以过冬。暨春东作，自曝于日，不知天下之有广厦、隩室、绵纩、狐狢。顾谓其妻曰："负日之暄，人莫知者。以献吾君，将有重赏。"

我现在就学习那个田夫，把我那些想法写了出来，放在选集的前面。我相信，我这些想法至多也不过同负暄相类。但我不想得到重赏，我只想得到赞同，或者反对。就让我这一篇新的野叟曝言带着它的优点与缺点，怀着欣喜或者忧惧，走到读者中去吧！

1980年4月17日

必须加强对东方文学的研究
——《东方文学简史》代序

“东方文学”的来历和含义是什么？对这个问题不考虑，就觉得没有什么；如果仔细一想，就感到有研究的必要。一千多年来，我国总是把印度当做西方。唐代高僧玄奘从凉州出玉门关赴天竺，我们一直把这叫做“西天取经”，而现在印度则是东方的主要国家之一。梁漱溟曾经写过一本《东西文化及其哲学》，书中的西方也是指印度而言。鲁迅在1907年写的《摩罗诗力说》中，对欧亚文学都有介绍，特别是对印度古代文学评价很高。他指出：“天竺古有《韦陀》四种，瑰丽幽夐，称世界大文；其《摩诃波罗多》暨《罗摩衍那》二赋，亦至美妙。厥后有诗人如加黎陀萨（Kalidasa）[①] 者出，以传奇鸣世，间染抒情之篇。”但鲁迅也没有提出东方文学这个名称。事实上，我们现在所使用的“东方”这个名称，常常是在单纯的地理概念中加入了政治的内容，即指过去的殖民地、半殖民地等被压迫民族。早在十九世纪中叶，无产阶级革命导师马克思和恩格斯在《共产党宣言》中，在论述到西方资本主义制度确立后的世界政治格局时，就指出：“使东方从属于西方”。列宁多次使用的“东方民族”的概念，也是指被压迫的民族而言。解放以来，我们常常把现在所说的第三世界，都称为东方。文学是不能脱离政治的，但我们使用的“东方文学”这个名称主要是一个地理概念，是亚洲和非洲文学的总称。例如，日本不属于第三世界，是西方国家集团，但其文学仍属于“东方文学”的范畴。由此可见，“东方文学”的含义既单纯，又广泛，它说明了东方文学本身构成的复杂性。

在西方国家中，东方文学是不大受重视的，因为他们奉行的是“欧洲中心主义”。这种错误观点对我们也有很大影响。在我国，已经把东方文学列入高等师范院校外国文学教学大纲，这很好。但是，直到今天，我们有些同志，甚至在学术界有影响的同志，对东方文学的评价仍然不足。

① 加黎陀萨又译为迦黎陀娑。

有个别同志，脑子里总看不起东方文学。西方国家奉行的欧洲中心主义，既表现在历史研究中，也表现在文学研究中。在他们看来，好像什么都是西方第一，东方则什么都不行。我们既不同意欧洲中心主义的观点，也不同意什么都是中国第一的说法。这些，都不是实事求是的科学态度。其实，西方人对东方的看法，也是有变化的。印度过去没有自己写的历史，是英国人写的。十八、十九世纪的英国人写印度历史时，还是比较实事求是的。如对1857年印度民族大起义的原因的分析和评价，还是比较客观的。因为那时资本主义还处在上升时期，故在一定程度上尚能重视历史事实。但在进入帝国主义阶段之后，英国人写的印度历史则不同了，对印度极尽诬蔑、歪曲之能事，造谣、说谎，无所不用其极，把印度说得一无是处。在他们笔下，印度简直是一个极其野蛮而落后的国家，这完全是颠倒事实。

在西方作家中，有的对东方文学的评价还是比较公允的，如德国的歌德就是一个代表。歌德看了一本法译本的中国小说《风月好逑传》之后，准备据此写一部长诗。他说：他读了这部传奇后，感到“中国人在思想、行为和情感方面几乎和我们一样，使我们很快就感到他们是我们的同类人，只是在他们那里一切都比我们这里更明朗，更纯洁，也更合乎道德。”他在回答“这部中国传奇在中国算不算最好的作品”的问题时，指出：“绝对不是，中国人有成千上万这类作品，而且在我们的远祖还生活在野森林的时代就有这类作品了。”[①] 对于歌德的意见，我们不能完全同意。因为他对一本在中国并不入流的小说，评价太高了。歌德对印度迦梨陀娑的名剧《沙恭达罗》的评价也是很高的。

我们中国人讲的东方文学，不包括我们中国文学在内。但从世界文学的角度来看，应该包括中国文学。因此，我们对东方文学作出总的评价时，一定要把中国文学的成就包括在内，否则就不可能对东方文学作出正确的评价。

在评价东方文学时，我们坚决反对欧洲中心主义以及受其影响的资产阶级学者的错误观点，但是也不能说东方什么事都是世界第一。国家不论大小，都有自己的优点和缺点，都有自己的创造和不足，都会对人类做出或大或小的贡献，也都要向别的国家和民族学习。这就是历史唯物主义的观点，实事求是的观点。例如鲁迅的《狂人日记》、茅盾的《子夜》和巴金的《家》、日本岛崎藤村的《破戒》等，从形式上说都不是中国或日本的古典文学的继续，而是向西方（包括俄国）文学学习而得来的。但这种学习不是生搬硬套，而是具有新的、伟大的创造。例如鲁迅的

---

① 爱克曼：《歌德谈话录》，朱光潜译，人民文学出版社 1978 年版，第 111—113 页。

《野草》和屠格涅夫的《爱之路——散文诗集》都是散文诗，形式相近。但鲁迅的《野草》比之屠格涅夫的《散文诗集》，不仅思想境界要高，而且艺术性也强多了。比如《散文诗集》中的《会见》《我怜悯……》《当我一个人的时候》等诗，最后都写到坟墓，好像没有任何出路。而鲁迅的《过客》中，老翁虽向过客指示前面是坟，而小女孩却向过客指出前面还有许许多多的野百合花和野蔷薇花。再如泰戈尔的短篇小说，从形式上看也受到欧洲文学，特别是英、法文学的影响，但又有杰出的创新。泰戈尔创造了一种比较新颖的体裁：把抒情诗与短篇小说结合起来。因此，他的短篇小说情节简短，篇幅不长，但容量很大，差不多都像诗那样优美动人，成为一种故事性不强而抒情气息很浓的散文诗似的新文体。他不是简单地学习欧洲文学，而是有自己的独特风格和浓郁的民族特色。这些都说明东方近现代文学确实受到西方文学的影响，但又具有自己悠久的历史传统、深厚的民族特点和伟大的创造。

欧洲文学也同样受到东方文学的巨大影响。《伊索寓言》，薄伽丘的《十日谈》，乔叟的《坎特伯雷故事集》，安徒生、格林的童话等，其中有一些故事同印度的《五卷书》相似。究竟谁受谁的影响，有两种不同的意见。我认为古希腊文学受印度文学影响的可能性更大一些。因为说《伊索寓言》影响了印度文学，其根据不足；而印度文学通过波斯、阿拉伯而影响古希腊文学，则有路线可循。不仅东方的文学对欧洲有影响，东方的哲学对欧洲也有影响。

从东方本身来看，各国的文学也是相互影响的。中古时期，东方形成三个文化圈：一是以中国为中心的文化圈；二是以印度为中心的文化圈；三是以阿拉伯为中心的文化圈。这几个文化圈之间，也是相互交流、相互影响的。

总之，在评价东西方文学时，都要实事求是，既不能说东方什么都是第一，也不能妄自菲薄，更不能容忍欧洲中心主义对东方文学的歪曲。

在我国，东方文学还是一门年轻的学科体系，是在解放后才开始建立起来的。要搞好国别文学的研究比较好办一点；搞东方文学的教学和研究，则范围太大了，不容易搞好。但只要有决心，还是可以做出成绩的。为发展我国东方文学研究事业而贡献我们的一生，这是值得的，也是光荣的。如何才能搞好东方文学？我提出以下几点意见供同志们参考：

第一，希望有志于从事东方文学工作的同志，在广泛了解和掌握东方各国文学概况的基础上，重点学习一个国家的文学，掌握这个国家的语言。平均使用力量，什么国家都搞一点，都不深入。只有在比较宽广的基础上，才有可能重点搞好一个国家文学的研究。这两者是相辅相成的。

第二，要加强对文艺理论的研究。我们有的同志研究水平老提不高，我看关键在于文艺理论水平不高。因此，加强马列主义理论和文艺理论的学习，十分重要。我指的文艺理论有四个部分：（一）要加强对马列主义和毛泽东文艺思想的学习，这是第一重要的工作。（二）学习西方的文艺理论。从古希腊到现在，西方已总结了一整套的文艺理论。要好好学习莱辛、歌德、席勒、菲尔丁、雨果、巴尔扎克、托尔斯泰和高尔基等大作家关于文学的论述，也要看一看卢卡契的文章。他们的意见我们不一定都接受，但多看看，很有好处。朱光潜先生编写的《西方美学史》是一部很好的著作，我们大家都要好好读一读。我在清华大学念书时，学的是西洋文学系，许多课程差不多都忘了，但听朱先生讲的西方美学史，至今没有忘记。（三）要学习中国的文艺理论。中国的文艺理论十分丰富，在世界文论中可以说是独树一帜。关于中国的文艺理论，可以读郭绍虞先生的《中国文学批评史》。近代学者王国维的《人间词话》（1908），也是一部值得参考的美学著作。但中国的古代文艺理论存在一个问题，就是不大容易说清楚。如常用的“神韵”等词，就不大好理解。如有的著作中对孟浩然诗作的评价是：“自然浑成，而意境清迥，韵致流溢。”对韦应物的评价是："风格婉丽，立调流美。"对骆宾王的评价是："格高韵美，词华朗耀。"对张九龄的评价是："缠绵超旷，各有独至。""情致深婉，蕴藉自然。"这些古典用语，其意究竟何在？谁都难以说清楚。要译成现代的语文，用今天的用语加以解释，就难了。如果要译成外文，则更难了。这是需要我们研究工作者解决的一个重大难题。（四）要学习东方国家的文艺理论。有的东方国家的文艺理论，如印度的古代文艺，虽然十分丰富，也存在一个说不清楚的问题，同样需要用今天的用语去解释。

第三，要注意提高汉文的修养。有的同志写文章，别字连篇，病句很多。我劝青年同志们买本字典放在案头，随时查一查。我已经七十多岁了，也经常查字典，并不以此为丑。因为汉字太复杂了，要完全驾驭它，真不容易。

第四，希望研究东方文学时，要找出其内在的规律来。研究任何一门学科，都要找出它的规律性。研究东方文学，也是如此。作为一门独立的学科，必然有其内在的联系和规律可循。东方文学在我国还是一门年轻的学科，要掌握其规律还需要有一个探索的过程。如果我们的马列主义水平高一些，文艺理论修养深厚一些，只要我们肯钻研，勇于探索，是可以找出东方文学的共同规律的。只有找出它的规律，东方文学才能真正成为一门具有独立体系的新的学科。

1982 年七八月间，教育部在承德举办了全国高等学校东方文学教师讲习班，这在我国还是第一次。陶德臻等十位讲课的同志，把他们的讲稿重新整理，编成一本《东方文学简史》出版。我应他们之约，把在那次讲习班上所作的一次讲话，略加整理，作为代序，以表示我对东方文学研究和教学工作的支持。

1983 年夏于北京

《中国传统小说在亚洲》序*

在人类历史上，文化交流是经常的、正常的现象。几千年的人类文明史证明了一个事实，这就是，国家无论大小，历史无论长短，尽管深度和广度有所不同，每一个国家都对人类文化做出了自己的贡献，每一个国家都是一方面接受别国的文化；一方面又把自己的文化送出去，送给别的国家，从而既丰富了自己的文化，也丰富了人类共同的文化宝库。

我认为，研究人类文化交流的历史是一门非常重要的学科。通过这种研究，可以让不同国家的人民认识到自己接受了一些什么东西，又给予了一些什么东西，从而一方面提高自己的信心，另一方面又得到一个正确的认识，认

* 本篇曾被改题为《文化交流与文学传播》发表。

识到人类必须互相帮助、互相学习，哪一个国家也不能孤立，也不会孤立，也不曾孤立；这种认识对于增强国家和人民之间的友谊和了解会有很大的帮助，它会加强各国人民共同保卫世界和平、向着一个伟大目标奋进的决心。

专就中国而论，我们立国于亚洲大陆垂数千年。我们这个勤劳、勇敢、智慧的民族创造出了光辉灿烂的文化；我们国家是世界上少数文明古国之一。最难能可贵的是，我们的文化传统，经过了几千年的风风雨雨，始终没有中断。我们也是既接受，又给予，从而丰富了我们自己的文化，又对人类文化做出了出色的贡献。如果没有中国人民的几大发明，人们就很难想象，今天人类文化的发展会是一种什么样子。

我们在历史上同外国的文化交流，走过了一条漫长又曲折的道路。外国文化，有的是我们自己取来的，有的是外国人送来的。中国文化，有的是外国人来取的，有的是我们送去的。到了封建社会的后期，西方的殖民主义者蜂拥而来，中国人民在内外交迫、水深火热中，许多人到海外谋生，有的被欺骗卖往外国。东南亚国家的华侨社会就是这样形成的。这些华侨带去了劳动力，给所在国的经济发展做出了贡献。他们也带去了中国文化，给所在国的精神文明的建设增添了砖瓦。总起来看，华侨对加强我国和外国的文化交流，发挥了重要的作用。

亚洲国家到中国来取的中国文化和中国华侨带出去的中国文化，是多方面的，头绪是异常复杂的。中国的文学艺术是其中的重要组成部分。长期流行于中国民间的、家喻户晓的文学作品，比如《三国志演义》《西游记》《今古奇观》《水浒传》《金瓶梅》《聊斋志异》《红楼梦》等等，还有一些在中国不大为人所知的小说，比如《金云翘传》《二度梅》《剪灯新话》《剪灯余话》等等，都传了出去。流行于中国民间的梁山伯与祝英台的故事也同样传至国外。最初大概是流行于华人社会中，后来逐渐被译成了当地的文字，流传到当地居民中间，流传的范围大大地扩大了。这些作品不同程度地在当地产生了影响，使当地居民更进一步了解了中国，从而加深了中国人民和这些国家人民之间的友谊。

我在上面已经讲到研究国与国之间的文化交流的重要性。在我们过去的正史上，我们的先人对于这方面是非常重视的。我们从外国学习了什么东西，有什么外国的物品传入了中国，不管是动物、植物和矿物，还是科学技术、宗教、哲学，我们都一一记述明确。我认为，这是我们中国历史科学的一个非常值得重视、非常值得赞赏的优秀传统。

可惜的是，这种锐意研究中外文化交流的好传统，到了近代没有能很好地继承下来。仅有极少数的学者从事这方面的研究，而成绩远不能说是令人满意的。中外文化交流的研究眼看要成为绝学了。

中国有句古语说："礼失而求诸野。"把这一句话用到这里，虽然有点牵强，但也略能表示意思。过去中国自己的研究不景气，在一些外国却是成绩辉煌。德国、苏联、日本、朝鲜、澳大利亚、英国、美国、法国等国都有一些学者从事这方面的研究，而且取得了可喜的成绩。这都值得我们认真学习。这也算是一种"礼失而求诸野"吧。在这些国家中，法国算是比较突出的。

众所周知，近一百多年以来，外国研究汉学，人才之多，成绩之大，方面之广，钻研之深，在这些国家中，法国是得到大家承认的。最近几十年来，虽然时事多变，沧海桑田，但是法国的汉学传统始终未断，而且还有发扬光大之势。新崛起的一代，灿若列星，成绩斐然，大有青出于蓝而胜于蓝之势，令人对法国汉学发展的前途充满了信心。

在这新的一代汉学家中，特别值得一提的是著名的学者苏尔梦博士，还有她的丈夫龙巴尔教授。两个人都是涉猎面很广、钻研很深、成绩卓著，在国际汉学界普遍受到赞扬的学者。他们还有一个共同的特点，就是，除了汉学之外，他们对东南亚各国的历史、语言、文学、宗教都有湛深的研究。他们不是停留在故纸堆中，而是经常到这一带去旅行，广交朋友，深入调查，掌握大量的活的资料，以之与书本上的记载和古代遗留下来的实物相印证。这样得到的成果必然是扎实可靠而又生动活泼，与某些学者的高头讲章迥然不同。谓予不信，苏尔梦博士编选的这一部书:《中国传统小说在亚洲》就是一个很好的证明。

我现在简略地介绍一下苏尔梦博士的学历和学术成果。她生于 1938 年，1962 年毕业于法国东方语言学院中文系；1963 年获法学学士学位；1964 年获文学学士学位；1964 年至 1966 年，在北京大学学习历史；1966 年至 1969 年，在印度尼西亚进行实地调查；1969 年毕业于高级行政学院；1970 年获国家文学博士；1972 年至 1973 年，在日本收集中文资料。她目前的职务是国家科学研究中心研究室主任。

苏尔梦博士的著作涉及的方面很广泛。我无法详细介绍，只能举出几部和几篇，以见一斑:《适应汉文化的一个例子：十八世纪的贵州省》，长达 461 页。《雅加达的中国人、寺庙和公共生活》，长达 358 页。《印度尼西亚的中国人用马来文写的文学作品》，长达 588 页。此外她还写了很多论文，有的讲望加锡的中国社会，有的讲爪哇的中国宗教，有的讲中国人对东南亚发展的贡献，有的讲泗水的中国社会史，有的讲爪哇的中国碑文，等等，等等，内容丰富多彩，材料翔实可靠。

现在的这一部《中国传统小说在亚洲》，是苏尔梦博士编著的。收中、法、苏、德、日、朝、柬、印尼、泰、美、澳等国家学者的研究成果十七篇。苏尔梦博士为这部书写了引论。从中可以看出这许多国家学者的成绩，也表现了苏尔梦博士的热心与能力。北京大学比较文学研究所和有关系、科的许多同志集体将其由英文译成中文。国际文化出版公司用中文和英文分别予以出版。这部书的出版，我认为是非常有意义的。中国人民读了，能够了解我们所熟悉的许多文学作品在亚洲各国传布的情况，一定会感到异常地亲切。亚洲各国人民读了，能够了解到他们从中国文学中接受了一些什么东西，从而增强对中国的了解，巩固早已存在于他们和中国人民之间的传统友谊。所有这一切，都能把中国人民的心和亚洲其他国家人民的心拉得更加靠拢，拉得更近。这肯定会对保卫世界和平、加强国际团结起作用。苏尔梦博士以一个置身于亚洲范围以外的第三者的身份——请原谅我用了这样一个看来是见外的词语——替我们亚洲做了一件大好的事情，实际上也是替世界做了一件大好的事情，难道我们还不应该衷心地感谢她吗？是为序。

1985年5月3日于北京大学

《中国纪行》中译本序

张至善、张铁伟等同志翻译的阿里·阿克巴尔著《中国纪行》，我认为，是一部非常值得重视、非常重要的书。它完全能够同《马可·波罗游记》媲美，先后辉映，照亮了中西文化交流的道路。

对于中西文化的交流，穆斯林的作者做出了巨大的贡献，这是大家公认的事实。著名的《伊本·巴图泰游记》《贝鲁尼游记》等书获得东西各国学者的高度赞扬，是众所周知的。阿里·阿克巴尔的《中国纪行》写成于1516年，正当中国明武宗正德十一年。过去不大为人所知。在欧洲，从十九世纪起，逐渐引起人们的注意。在中国，第一次介绍此书者是张至善同志的父亲张亮尘老先生，但这已经是五十年前的事情了。

《中国纪行》原文是波斯文，作者是哪一国人，似乎还没有结论。至于作者是否真正来过中国，学者们的意见也不一致。我认为，这些都不是主要的问题。主要问题在于此书本身。不管作者记载的是元代中国情况或明代中国情况，基本上都翔实可靠，栩栩如生。个别章节有一些荒唐的记载，这在当时的历史条件下，是不可避免的，不足深责。此书记载了中国各方面的情况，地理、军队、宗教、仓库、皇帝宫廷、监狱、节日、教坊妓女、医疗、立法、学校、外国使臣和侨民、农业、货币、法律、剧场等等，简直是一部中国的百科全书。我们中国史书之多，水平之高，誉满全球。可是如果我们真想了解过去历史上人民生活的真实情况和烦琐细节，仍然感到缺少资料，我们迫切需要这样的书，特别是一个外国人来到中国，按照心理学的规律，他能看到我们习而不察的一些东西。把这样的观察记载下来，传之后世，这样的书不但能帮助外国研究中国的学者了解中国，也能帮助中国人民了解自己的过去。从这个观点上来看，这些书，其中当然也包括阿里·阿克巴尔的《中国纪行》之价值，概可想见了。

我还想从另外一个观点来谈一谈本书的价值。我们一向被称作伟大的民族。但是到了近代和现代，外国人怎样来认识我们呢？我们自己又是怎样来认识自己呢？外国人认识我们，我们自己认识自己，都有一个曲折的过程。如果划一条界限的话，1840 年开始的鸦片战争就是一条天然的界限。在这之前，在十七、十八世纪，中国人在欧洲人心目中，是有天才的民族，是伟大的民族，是有高度文明的民族。当时他们向往的是中国，学习的是中国。但是殖民主义者一旦侵入中国，中国许多弱点暴露出来了。首先是中国力量不强。在信奉优胜劣败的欧洲人眼中，中国不行了，中国人不吃香了，中国成了有色人种，成了劣等民族。久而久之，他们忘记了曾经有一段崇拜中国文化的历史。而我们中国人自己也忘记了过去在欧洲人心目中的地位。有志者要奋发图强，爱国雪耻。庸俗者则产生了贾桂思想，总觉得自己不行。中华人民共和国的成立，是另一条界限。绝大多数的中国人感觉到真正是站起来了，腰板挺直了。绝大多数外国朋友对中国也另眼相看了。但是一百多年的习惯势力，余威未退。有贾桂思想者也不乏人，最典型的代表就是“四人帮”一伙。他们义形于色，振振有词，天天批什么洋奴哲学，实际上在他们灵魂深处，他们自己最有洋奴相，见了洋人，屁滚尿流，奉若神明。

到了今天，我们进行爱国主义教育的任务，还很艰巨，我们必须教会青年人怎样正确认识外国，怎样正确认识自己。我们决不盲目排外，我们承认外国有很多东西我们必须学习，但是我们也决不盲目拜倒在外国人脚下，认为月亮也是外国的圆。用什么办法来进行这种教育呢？方法当然很多，读过去历史上外国人的中国纪行，也是方法之一，而且我认为是有效的方法。现在回到阿里·阿克巴尔的《中国纪行》，我认为其中就有很多有用的资料。我现在按原书的次序先在下面列举几条，然后再加以分析。

在第三章里，作者谈到中国招待外国人时写道：

> 我们在中国内部旅行一百天，每天都热热闹闹，所有的必需品都能得到。

在第四章里，作者写道：

> 在世界上除了中国以外，谁也不会表现出那样一种井井有条的秩序来。毫无疑问，如果穆斯林们能这样恪守他们的教规——虽然这两件事无共同之处——他们无疑地都能按真主的良愿成为圣人。

在第六章里，作者写道：

> 整个中国人，从平民到贵族都培养得懂礼节。在

表示尊敬、荣誉和沿守礼节方面，世界上没有人能和他们相比……中国人非常守纪律，无人可以相比。

在同一章里，我们读到：

谁也不敢违反法律，向真主保证，这里没有夸张，都是事实……他们的法律和规章十分完善严明。

第九章记载各地的物产：麝香、金银酒器、瓷器，又记载了北京（汗八里）挖掘的人工湖（可能是指的中南海和北海）。书中讲到中国烧黑石头（煤），讲到贵州的药材，福建的麻、丝绸、彩缎，特别细致地描述了南昌的瓷器，和阗（和田的旧称。——编者注）的玉石。

第十一章讲中国奇妙的手艺，其中有胸外科手术。作者写道：

我相信，如果谁在中国游历一个世纪，他每天都能看到从未见过的奇迹。

第十五章讲到来中国的外国使臣和商人，他们用狮子换东西，每一头狮子可以换回三十箱财物。其中有衣料、缎子、布匹、鞋袜、马镫子、铁马鞍、剪刀、针。

第十七章讲连绵不断的农田。在山坡、沙漠和砂石地区运土造田。我们有两三个月都在树荫下行走。

第十九章讲中国的纸钞、铜钱、金、银作为货币。在这里又讲到在汗八里已使用煤。

第二十章又强调说："中国人非常守法。"

第二十一章讲中国的画院。作者写道：

> 在中国有三件东西只有天堂才能找到，与其比美。那就是蜜枣又大又甜。还有两种花，一是罂粟花，二是莲花。

归纳起来，作者在当时中国看到的人民奉公守法，秩序井井有条，物产极大丰富，手艺十分高超。

我在上面已经谈到，一个外国人到中国来能看到很多我们习而不察的东西。上面这些材料都完全是一个外国人眼中的情况，是完全可靠的。这些材料告诉我们，在明朝中国的精神文明和物质文明是什么样子，达到什么程度。明朝在中国历史上不是一个发展的高峰。然而我们的人民已经有了这样的水平，今天我们，特别是中国的青年们，不应该感到自豪与光荣吗？难道我们一向就是西方殖民主义者污蔑我们的那个样子吗？阿里·阿克巴尔这一部书的真正价值是在学术方面，进行爱国主义教育不是它的任务。但是，从我在书中择出的那些例子来看，这一部书的价值不是已经远远超过了学术领域了吗？

因此，对于这一部书的出版，我从上面的两个方面要表示衷心的祝贺，我在开头时说的，这是一部“非常值得重视，非常重要的书”，也是从这两个方面来说的。我相信，这部书一出版，一定会受到中国学者和老百姓的欢迎。他们都会同我一样，感谢张至善、张铁伟等同志。是为序。

1985年6月1日在儿童节的欢乐声中

《季羡林序跋选》序

集子的名字是《季羡林序跋选》，但是我仍然要写上一篇序。这岂不是叠床架屋了吗？可能是的，可是序仍然要写。

我为什么这样刚愎自用呢？

原因恐怕要从很远的地方讲起。对于散文，我曾在几个地方都讲过，中国是世界上历史最长、成就最高的散文国家；散文在中国是最为人民喜爱的文学体裁。对于序跋，我同样也可以这样说。实际上序跋也属于散文的范畴。翻开中国文学史，我们可以看到，许多伟大作家都写过一些序或跋。从汉代的司马迁开始，他写了《外戚世家序》《太史公自序》等等文章。晋代的王羲之写了《兰亭集序》。唐代的王勃写了《滕王阁序》。李白写了《春夜宴桃李园序》。

韩愈写了《送孟东野序》等等。柳宗元写了《愚溪诗序》。宋代李格非写了《书洛阳名园记后》。欧阳修写了《释秘演诗集序》《梅圣俞诗集序》。所谓“书后”，实际上就是跋。宋代以后，还有大量的序跋。直到近代，此风不衰。梁《昭明文选》所选的各种文体中也有“序”这一项。这样的例子是举也举不完的。我之所以这样列举例证，无非是想说明，序跋这种体裁在中国是有悠久而又光辉的传统的。直到现在还为广大人民群众所爱好，我自己也在其中。

但是，也并非没有例外。我前不久读到一篇文章，作者说，他读书不喜欢看序跋。这使我有点吃惊，我原以为是任何人都是喜欢读序跋的。我记得鲁迅先生曾说过，他读书总是先看一看序跋。鲁迅的作法是有代表性的。

我为什么喜欢读序跋呢？我觉得，序跋同日记一样，在这里，作者容易说点真话。在其他体裁的文章中，作者往往峨冠博带，在不知不觉中说一些冠冕堂皇的话；装腔作势，说一些言不由衷的话；这些东西，读起来让人感到腻味，读不下去。当然，有人在日记中也不说真话，比如李慈铭的《越缦堂日记》，是众所周知不完全说真话的典型。他是拿日记当著作，准备有人来抄了出版的。他在里面大抄朝报之类的东西，梦想有朝一日得到御览，从而飞黄腾达。这一点早就有人指出来过。不过，这究竟是极个别的例外，不是日记的正宗。序跋与日记也不完全相同，其能说一点真话则一也。我同许多人之所以喜欢读序跋，其原因就在这里。

就我自己而论，我不但喜欢读序跋一类的文字，而且也喜欢写。其原因同喜欢写作几乎完全一样。这就是，序跋这一种体裁没有什么严格的模子，写起来，你可以直抒胸臆，愿意写什么就写什么，愿意怎样写就怎样写。如果把其他文章比作峨冠博带，那么序跋（当然也有日记）则如软巾野服。写起来如行云流水，不受遏制，欲行便行，欲止便止，圆融自如，一片天机。写这样的文章，简直是一种享受。

写到这里，我在篇首提出来的那一个问题：我为什么要序上加序？便自然得到解答了。

但是，据我自己观察到的，序跋也不完全是这个样子。有一些序跋，特别是名人的序，大概是受人请托，情不可却，也许还有一点什么“效益”之类的东西，于是乎，虽然那一本书实在并不怎么样，写序的人也只好不痛不痒地加以空洞的赞誉，虚伪之气溢于楮墨之表，扑人眉宇。谁读这样的序而不感到别扭，不感到腻味呢？

这样的序，我是无论如何也无法欣赏的。可是，我当时还并没有考虑到，自己绝不写这样的序，压根儿没有考虑到；因为写这样的序是名人的事，自己绝非名人，离名人至少还有十万八千里，存在决定意识，没有这个存在，也就绝不会有这种意识。

可是世间的事是异常复杂而又多变的。不知怎样一来，居然有人找自己写序，而且自己也居然写了起来。自己从来没有想到要走的一条道路，在自己心灵深处十分厌恶走的一条道路，自己居然走上了。最近几年来，我颇写了一些这样的序。自己当时心灵的活动，现在已经不很清楚。最初似乎也想拒绝过。因为种种原因，出于种种考虑，拒绝没有发生效果。于是一步步沿着这一条路滑了下去。等到脑筋清醒，回头一看，不禁大吃一惊：自己滑得已经相当远了，想要打住，已经完全不可能了。我现在觉得，人真是一个奇妙的动物，人的一生也多半是奇妙的一生。你想走的路，有时无论如何也走不上。你不想走的路，不知不觉之中，不管有多少曲折，最终还是要走上。“踏破铁鞋无觅处，得来全不费工夫”，这样的经验，不是很多人——如果不是每一个人的话，都有过吗？古今之人有的在迫不得已时只好相信命运，难道就一点根据都没有吗？

这话扯得太远了。我无非是想说，我从厌恶给人作序一直发展到作起来，而且还作了不少，这个过程，对我来说，有点糊涂。我现在是不是就后悔了，严格说来，是不是就想忏悔而要悔过自新呢？决不是的，我一点那样的想法都没有。如果现在有人求我写序，我立刻就会答应的。

“你这不是出尔反尔自己打自己的嘴巴吗？”读者或许要这样问。我在这里必须解释几句。回想我写每一篇别人要我写的序时的心情，检查一下我为别人写的所有的序，有一点是可以告慰于自己的：我没有作违心之论。序中可能有一点废话；但是绝没有假话、大话、空话。对于每一本要我写序的书，我也尽量避免使用溢美之词。总起来看，我对书的评价总算是实事求是的。因而，尽管我走上这一条路有点迷惑不解，但是我绝无内疚之感。

“你现在把你的序跋拿出来出版给别人看，难道就是仅仅因为里面没有假话、大话、空话吗？”读者或许又要这样问的。我曾再三考虑过出版不出版的问题。有几度，我曾打过退堂鼓，不想把这些东西拿出来出版。但是最后我还是下定决心拿出来出版。原因何在呢？仔细想来，原因是颇多的，而且也颇复杂。上面说到的那种情况，仅仅是原因之一。此外还有一些别的原因。最近几年来，我曾听到几个年轻人（其中也有我过去的学生）说，他们颇喜欢读我写的序跋文字。听了以后，我心里不禁漾起一点喜悦之意。我原来以为，“文章千古事，得失寸心知”，我写东西的甘苦别人未必知道。现在居然有人知道了，我的喜悦不是很自然的吗？即使内心深处有点沾沾自喜的意思，难道还有人像过去在那“史无前例”的时代要我“斗私批修”吗？既然如此，我索性把那些东西拿出来，公诸同好，又有什么不好呢？当然，这里讲的序跋，只是其中的一部分。其余的恐怕不但我自己不那么喜欢，别人也未必有嗜痂之癖专门喜欢那些东西。可是，话又说了回来，即使是在这些文字中，我也总是说了些实话。这些实话，不管多么肤浅，毕竟是我的一得之愚，对人也未必没有好处，没有启发。用现在的说法，考虑到社会效益，也许还有点积极的东西，至少不会放毒。总之，我决心把我自己喜欢的文字，连同不那么喜欢的文字，集成这样一个集子，送到读者面前。个别词句有一些改动。古人形容出刊不应该出刊的书时常用“灾祸梨枣”这样一个词儿。我这个集子是不是灾祸梨枣呢？但愿不是这个样子。

集子的编选整理，都由李铮同志负责。附此致谢。

1985 年 11 月 26 日写毕

附记：

写了序，书没有出，转瞬已将五年。现在又有了出书的机会，于是把这几年中写的序跋的大部分也收了进来，以期让读者对于我的序跋得到一个完整的印象。

1990 年 1 月 16 日

《文化意识的觉醒》序

最近一两年以来，我们国内，在某种程度上可以说是已经涌起了一股“文化热”。讨论文化的文章频繁出现在许多刊物上，探讨文化发展的座谈会接二连三地在许多大城市召开，许多学术机构举办有关文化的学习班，比如中国文化书院就举行过比较文化的研讨班，全国有近千人参加学习。青年学生们对文化问题也表现出空前的热情，纷纷举办讲座、讨论会。我认为，这是完全合乎发展规律的。我国社会主义建设，在对内搞活对外开放的政策指导下，日益繁荣发展。文化建设问题已经迫切地提到了议事日程上来了。在思想领域内，真正贯彻了百家争鸣的方针，一扫过去那种万马齐喑的局面。老中青年学人的创造力和积极性，如万斛泉水，奔腾喷涌，遂形成了这样热气腾腾的局面。

我个人的看法，大家探讨最多的是中外文化的关系问题，也就是承认至少有两种文化。所谓文化交流，所谓比较文化，无不可以归入这一个范畴。如果只承认有一种文化（自己国家的或别的国家的），那就根本谈不到交流，也谈不到比较。我一向主张，从人类整个数千年的文化史来看，文化交流是促进文化发展不可或缺的因素。时至今日，在地球上恐怕还没有一种纯之又纯的、不同任何别的文化进行交流的文化。一谈到文化交流，就必然要讲内因与外因。只有内因，不成其为交流；只有外因，也不成其为交流。总是以内因为根据或基础，外因为条件来进行交流。换句话说，文化交流是内因与外因的结合，缺一不可。

写到这里，我想对一个老而又新的问题，发表一点意见。这就是所谓“全盘西化”的问题。且不说真正的“全盘西化”，必然导致资本主义在中国垄断，就是变社会主义为资本主义。从哲学上来讲，这是一种只要外因，不要内因的想法。在理论上是讲不通的，在事实上是办不到的。植物学上的嫁接，也说明了这个道理。在人类历史上，还没有一个全盘什么化的先例。日本在西化方面是卓有成效的，从一个封建王国变为一个世界经济大国，决定的因素就是西化。但是它“全盘”了没有呢？只要稍稍了解日本情况，或者到日本去看过的人，都只能承认，它并没有“全盘”。日本固有文化的痕迹到处可见，有的地方甚至起着决定性的作用。换句话说，日本在西化方面是内因与外因结合得比较成功的一个典型。有好多东西是值得我们借鉴的。

我还想谈另外一种“学说”，这就是完全、彻底否定中国的固有的传统文化。这同全盘西化论应该归入同一个范畴。张扬这种“学说”的学者的文章，我没有全看，因为我“修养”得还很不够。我没有那个耐性看下去。我只觉得作者既不懂中国文化，也不懂西方文化。登龙有心，哗众无术，鼓其如簧之舌，造作一大串奇怪的名词术语，发为惊世骇俗之论，其实是除了自我陶醉之外，什么问题也不能解决。如果也把这种“学说”作为百家之一家而与之争论，实际上是上了英雄欺人之当，未免太天真了。

在这个文化讨论的洪流中，我们北京大学怎样呢？

自从五四运动以来，北京大学在政治运动和思想运动方面是非常敏感的，往往起些带头作用。将近七十年的历史充分证实了这一点。到了今天，当全国热烈讨论文化问题的时候，北大的一些青年学生和教员，在一部分中老年教师的支持下，也参加到这个文化讨论的洪流中来，成立了文化学会，经常邀请校内外一些对文化问题有兴趣的人来讲演、座谈，这大大地提高了青年学生对文化的兴趣，也促进了许多中老年教师的深思。大家不约而同地对文化问题进行探讨，这一本论文集可以算是研究探讨的成果之一。

对于文化学，我没有做过什么系统的研究，所知不多。这并不是什么谦虚之词，而完全是事实。但是我对于文化学却有极大的兴趣，甚至有所偏爱，这也并非虚语，而完全是事实。

在学术研究方面，甚至在文学创作方面，我把自己划归“功利主义者”这一类人物范畴。我一贯认为，进行任何学术研究，必然有其用途。这个用途绝非狭隘的，也绝非只顾眼前的，而是从宏观着眼，从长远着眼，不管怎样，它绝非一个个人问题。如果学术研究和文学创作，只为了一个人的利益，只有作者一个人懂，别人懂不懂他根本不关心，还以此自傲，以为高出流俗，这样的什么者，即使不是有意骗人，我看也差不多，对于文化学我也这样要求。

文化学的用途在什么地方呢？探讨文化发展的规律和文化交流的规律，用以指导我们自己的精神文明和物质文明的建设，这是毫无问题的。对世界上任何国家都可以这样说。这是一个大问题，我在这里暂且不去细谈。

我想专门谈一个小问题或者比较小的问题。这个问题特别适合我们中国和一些同中国有同样情况的国家，这就是改造国民性的问题。我们中华民族是一个勤劳、智慧、勇敢的伟大民族，对人类文化做出了巨大的贡献。几千年的历史证明了这一点，谁也不能否认，也无法否认。谁忘记了这一点，他就不是一个唯物主义者。但这只是问题的一个方面。另一方面，由于长期封建主义的统治，在我们的国民性中积淀了不少不健康的东西。当年鲁迅先生曾含着眼泪，大声疾呼，批判揭露了这样一些消极的国民性格。到了今天，我认为鲁迅的批判还并没有完全失效。一个头脑清醒的人只要放眼一看，就能看到我们社会还存在着十分矛盾的现象。正确与错误，伟大与渺小，智慧与愚蠢，真诚与虚伪，率真与圆滑，勇敢与怯懦，勤奋与懒惰，大公与自私，杂然并陈。虽然前者总是为主，但后者也决不能忽视。世界所有民族中都有类似的现象。别人的事，我们先不去管，我们先清理自己的“内务”。谁要是不承认这一点，他就不能算是一个唯物主义者。我们切不能躺在勤劳、勇敢、智慧和伟大的枕头上，怡然自得，陶然酣睡，这无助于我们社会主义建设，我们必须有勇气正视这些消极的东西，憬然懔然，认真分析自己性格中的这一些东西，不要怕痛，不要害羞，努力学习，认真思考，加以批判，加以改正，与此同时又要认真发扬优秀的一面。我们民族的优秀传统美德是不能否认的，也是否认不掉的。

我不知道，改造国民性，是否属于文化学研究的范围，这要请文化学的专家们来研究讨论。如果文化学专家都认为，这是他们研究的范围，当然很好。如果多数专家认为，这不是他们的职责，我就斗胆建议，在他们的研究项目中加上这样一项。这绝非无理要求，而且文化学既定的研究范围（如果有的话），也绝非一成不变，天经地义。随着需要适当调整，我想也是可以的。

“改造国民性，‘改造’二字不妥”，我们似乎听到有人这样抗议了。我们可以换别的词儿，“补正”“提高”“纠正”等等许多词儿，都是可以的。意思无非是说，我们的国民性出了点毛病，应该加以改正，使它在保留原来优点的同时，洗刷不足之处，如此而已。

“国民性怎么能改造呢？”我又似乎听到有人这样惊呼了。改造的想法，实际上不是我的发明创造。当年鲁迅先生就曾主张过，而且毕生锲而不舍。这是人所共知的事实。解放以后，我们很多人都经常进行思想改造，我自己是从中尝到了甜头的，可惜前几年，对于思想改造，人们提得很少了，窃以为这不是好现象。一直到今天，我还坚决相信，我们的思想是必须改造的，世界上万事万物都在那里不停地改变，我们的思想能“以不变应万变”吗？既然思想都能够改造，一国的国民性为什么就不能改变呢？改造的明确目标，就是共产主义的远大理想，一切不符合这个远大理想的国民性都必须加以改造，有一些国民性看似细微，实则所关至大，切不可等闲视之。

我对国民性改造的看法，就是这个样子。我到文化学这里来寻求援助，是不是找错了门呢？但愿不是这样。

1987 年 3 月 5 日

《国外中国学研究》前言

说老实话，当我最初听到四川外国语学院成立了一个国外中国学研究所的时候，我颇为感到吃惊：怎么还会有这样的组织呢？但是，继而仔细一想，我“顿悟”了：这样的组织不正是过去完全没有人想到过而我们今天却是非常需要的吗？

这要从远处讲起。中国学在国际上不是一门新兴学科。大概从西方资本主义殖民主义者，用各种方式，通过多种途径，派人到中国来的时候起，中国学就算是开始存在了。根据我的理解，中国学是一门综合的学科。这些西方人到了中国以后所写的一切东西，不管是哪一行哪一业，都属于中国学的范围。西方这一批人主观动机不同，其中也确实有一些抱着侵略目的而来的，他们对中国的看法必然是戴着有色眼镜的。特别是那一批天主教和耶稣教的传教士，他们多年来认为中国是文化不高的民族，甚至是野蛮民族，必须把他们的“上帝”请了来，传布“福音”，中国才能得救。可是其中也确实有一些人，抱着对中国文化感兴趣的态度，来研究中国文化、中国问题。我们千万不要良莠不分，放在一个锅里煮。

即使是对那些动机不纯的外国研究中国的学者，我们也要有一点辩证的观点。我举一个具体的例子。外国的传教士们喜欢到中国少数民族地区去，比如云南、四川、西藏等地区，都是他们热衷于钻进去的地方。他们的用心是“司马昭之心路人皆知”。然而他们传教以外的一些工作，比如制订新文字、研究当地的民俗等等，难道一点积极的作用都没有吗？马克思当年论到英国在印度的统治的时候曾经指出，英国在印度的一切措施，比如修铁路等等，其目的无非是想尽快尽多地剥削印度人民。然而其结果却是事与愿违，这些措施带给印度人民科技知识，提高了他们的科技水平和觉悟。这当然绝不是英国殖民统治者所乐意看到的事情。即使外国人怀着偏见谈论我们的缺点，我们也要有点辩证观点。鲁迅先生在《华盖集续编·马上支日记》中写道：“我自己想，我对于外国人的指摘本国的缺失，是不很发生反感的。”类似的话，他在别的地方也曾说过。我想，鲁迅的用意无非是想借外国人指摘这一面镜子，照一照我们自己，指摘对的就接受，不对的就拒绝，用不着一听指摘就火冒三丈。

我在上面讲的主要是过去的中国学。那时候，中国要么是封建帝国，要么是半殖民地半封建的“东亚病夫”，外国人到中国来，对我们总有点蔑视，是不愉快的，但是可以理解的。自从中华人民共和国成立以后，中国人民站起来了，外国人再也不敢小看我们了。所谓中国学和中国学家，据我个人的观察，已经走上了一条同过去有点不同的道路，呈现出过去不可能有的崭新的面貌。他们多半是怀着善良的愿望，从事中国学的研究的。不管是研究宗教哲学，还是研究文学艺术，或是研究语言文字，有的人成绩斐然可观，受到我国学者的赞扬，同中国同行们结下了深厚的友谊。

我绝不敢说，外国的中国学家对中国文化都理解得完全正确，他们的研究工作没有主观隔膜的情况，没有在无意中歪曲的地方。这是不可能的。但是，不管怎样，他们理解对了的，可以供我们参考。由于民族文化传统不同，他们观察问题的角度有时同我们不同。但是，正因为如此，他们往往能看到我们忽略了的东西。即使他们看错了，我们也可以从中吸取一些教训。无论如何，中国两句俗语完全可以用在这里："当局者迷，旁观者清。"

但是，外国的中国学家的作用，还不只限于此。中华民族在世界民族之林的地位越来越高，外国人民对中国友好、渴望了解中国的也越来越多，没有一个媒介，没有一座桥梁，外国人民是难以了解中国的。外国的中国学家就正是这样的媒介，这样的桥梁。他们的工作能促进外国人民同中国人民的友谊，他们在中国人民和世界人民之间架起了一座友谊的金桥。

然而，在过去，我们对外国中国学家的工作太不注意了。有一些人根本不知道什么中国学，有一些学者也漠然置之。这既不利于中外人民友谊的增强，也不利于中国人民对外国的了解。这种情况不能让它再继续下去了。

现在四川外国语学院建立了国外中国学研究所，创办了《国外中国学研究》，真不能不说是目光远大，应该受到我们的最高的赞美。我个人愿意充当一个马前小卒，为各位先知先觉摇旗呐喊，共同推进这一项非常有意义的事业。

是为前言。

1987 年 4 月 1 日

《中国楹联墨迹荟萃》序

书法是中国传统的艺术之一，从唐代传入日本，至今兴盛不衰。楹联则是中国独有的艺术。因为只有像汉语这样有独特结构的语言才能有。世界任何其他语言都根本无法讲什么平仄、对仗等等。没有平仄、对仗等等，也就没有楹联。道理是非常清楚的。

在中国漫长的历史上，书法和楹联一向是紧密结合的。一直到今天，在全国各地的名山胜刹、古寺梵宫都还悬有名人书写的楹联。人民过新年时也往往用红纸书写楹联，张诸门楣，或表示祝贺，或表示期望，或言志，或抒情。为佳节凭空增添了无量欢悦。

将楹联汇集成册者，过去有过一些。但是将楹联与书法联合出书，尚未多见。现在聊城师范学院学报编辑部编了这一册《中国楹联墨迹荟萃》，集全国老中青三代学人、政治家、书法家的墨宝于一册，真可谓洋洋大观。窃以为其意义是多方面的：对全国书法爱好者来说，不费吹灰之力就能欣赏这样多名家的书法；对全国文学研究者来说，能欣赏这样多精彩的楹联；对青少年来说，读一点楹联，可以体会中国文字之特点。五十多年以前，在1933年，先师陈寅恪先生给清华大学出国文入学试题，作文题是《梦游清华园记》①，另出对对子一题，以测试学生对汉文理解之程度。当时曾引起一场轩然大波，我以为这样做是完全可以的。对仗确实能试出学生的水平，而楹联是最讲求对仗的。青年学生通过楹联可以学习到很多东西。因此，他们还能通过欣赏书法与楹联艺术，开阔眼界，活跃情思，培养情操，提高精神境界，由热爱祖国独有的艺术，进而热爱祖国。其为用不可谓不大矣。然而更有进者，其意义绝不限于本国。从对外文化交流上来讲，像日本等国对中国书法艺术和文学修养素有基础，此外还有海外华人或华裔，对此同样有浓厚的兴趣。有此一编，不出国门家门，就能欣赏中国当代有名的政治家、书法家、学者、教授的书法艺术，此书将受到他们的欢迎，是肯定无疑的了。

---

① 《梦游清华园记》为1932年清华大学国文入学试题，作者记忆有误。

因此，我热烈祝贺此书的出版。愿中国传统文化和煦的春风吹绿祖国大地，吹遍友邻诸国。

1987 年 6 月 8 日

《中国文化年鉴》序

年鉴的重要性，尽人皆知。最近几年来，我国确实出版了不少的年鉴。许多学科都有了自己的年鉴。这是一个十分令人欢欣鼓舞的现象。

如果说还有什么缺憾的话，那就是，中国文化还没有自己的年鉴。近年来研究中国文化的高潮，在全国激荡。异论蜂起，众说纷纭，论文如雨，专著如云。对我国社会主义精神文明的建设，起着促进推动的作用。可是，想找一本提纲挈领的年鉴一类的书，能够让读者一览无余，立刻对中国文化的研究得到一个全貌，却还没有。

中国文化书院建院数年以来，以弘扬中国文化，引进外国文化为职志，举办了许多全国范围内的培训班，召开了一些国际学术讨论会，出版了大量的论著和学报，团结了大批的中外港台的知名学者，成绩俱在，用不着老王卖瓜。去年，院内的一些同仁又着手编纂一部中国文化年鉴。经过了坚持不懈的努力，现在终于编成了。这填补了我国年鉴出版工作的一个空白，一定会受到国内外欢迎的。

年鉴，顾名思义，记载的应该是过去一年的事。但是，因为这是第一册，只讲过去一年，不足以概全貌。因此，我们就把时间上限延伸了不少。以后再出的话，就能够严格地遵守年鉴的规格了。

现在，我们怀着良好的愿望，伴之以真诚的祝福，把这一册年鉴送出去，送给海内外爱好中国文化的志同道合者。既在雪中送了炭，又在锦上添了花，愿它走向天涯，走向海角，走出中国，走向世界。得到赞赏，我们高兴；得到批评，我们感谢。无论如何，对己对人，都会有好处的。

是为序。

1989 年 4 月 5 日

《敦煌文书学》序

林聪明教授撰写《敦煌文书学》既竟，索序于予。自问于敦煌学涉猎至浅，本无作序之勇气。继思提倡敦煌学之热忱则至深且切，又似有作序之资格。于是乃不揣谫陋，毅然应命，佛头著粪，所不敢辞。然实欲结文学因缘也。

去岁在中国敦煌吐鲁番学会年会开幕辞中羡林曾有言曰："敦煌吐鲁番在中国，而敦煌吐鲁番学则在世界。"极得与会中外学者之赞赏。敦煌学自建立以来，瞬将百年。东西各国从事此项研究之学者，灿如列星。名篇佳作，层见叠出。敦煌学已浸浸成为世界显学矣。吾国海峡两岸之学者不甘后人。老中青三代学人，焚膏继晷，兀兀穷年。半世纪来，成绩斐然，使中华文化弘扬于天下，亦可以扬眉吐气矣。

敦煌学虽有悠久之历史，但深入研究尚有待于未来。人类学术永不能停留于一点之上。年长者既完成其历史任务，年轻者必接踵而至。此学术进化之规律，亦世界之通例也，绝非人力所能左右者。但年轻者必有一成长过程。语云：“师傅领进门，修行在个人。”如无师傅，进门必难，甚至不得其门而入。林聪明教授凭其积年研究之心得，撰成此书，深入浅出，娓娓动人。诚进门之良师、学海之津筏也。以浅见所及，海峡两岸尚少此种著作。此书一出，必将不胫而走。行将见敦煌学研究之佳卉开遍神州大地，敦煌学研究之新世纪亦必将肇端于此。岂不猗欤盛哉！愚钝老朽如羡林者亦将浮一大白矣。是为序。

1989 年 10 月 15 日

《丝绸之路贸易史研究》序

横亘欧亚大陆的丝绸之路，稍有历史知识的人没有不知道的。它实际上是在极其漫长的历史时期内东西文化交流的大动脉，对沿路各国，对我们中国，在政治、经济、文学、艺术、宗教、哲学等等方面的影响既广且深。倘若没有这样一条路，这些国家今天发展的情况究竟如何，我们简直无法想象。

我常常想，在全人类历史上，影响深远、持续时间很久的大的文化体系只有四个，这就是：中国文化体系、印度文化体系、闪族伊斯兰文化体系、希腊罗马西欧文化体系。而这四大文化体系汇流的地方只有一个，这就是中国的新疆地区。其所以能够在这里汇流，则要归功于贯穿全区的丝绸之路。

对这样一条重要道路的研究，许多国家的专家学者都参与了。单篇的论文不算，写成专书的据我所知，最早的是德国学者 Albert Herrmann 的《中国与叙利亚之间的古丝绸之路》(*Die alten Seidenstrassen zwischen China und Syrien*)，出版于 1915 年。他的另一部著作《从中国到罗马帝国的丝绸之路》(*Die Seidenstrassen von China nach dem Römischen Reich*) 出版于 1915 年。这两部书蜚声士林。到了最近几十年，日本学者接踵而上。他们用各种形式表现丝绸之路，五彩缤纷，令人神移目眩。

中国学者和艺术家注意丝绸之路，较德、日为晚，但是颇有后来居上之势。舞剧《丝路花雨》已经扬名世界。陈良等同志的著作也已引人瞩目。至于在宗教、文化、文学、艺术各个方面探究丝绸之路的论文，更是与年俱增。学术是国际性的，在学术领域内不能，也不应设立关卡，我们不能学杜甫那样说什么“诗是吾家事”。但是，古人说“近水楼台先得月”，丝绸之路是中国的近水楼台，难道我们不应该先得月吗？现在李明伟等同志的《丝绸之路贸易史研究》即将问世了，我们得月虽然不能说是“先”，但是终于把月得到了，也许是一轮异常明朗的月。一向关心丝绸之路的研究的如羡林者，虽已老朽，尚未昏庸，对这一轮明月感到无比的欢欣鼓舞，不是很自然的吗？是为序。

1990 年 4 月 20 日

《新编百家姓印谱》序

“弘扬祖国文化”，这个口号一经提出，立即受到举国上下一致的响应，都认为，这个口号提得正确，提得及时。

何以能出现这样的情况呢？原因是极其明白易懂的。

过去我们常说五千年中华文明。但是，根据最新考古发掘的结果，中国可能在距今八千年以前就已经有了文字的萌芽。我们的文明史一下子拉长了三千年，走在古代埃及文明和两河流域文明的前面了。有这样悠久而又光辉灿烂的文化，如果不去努力弘扬，将何以前对祖先后对子孙呢？

中华文化方面极广。现在各行各业都在设法弘扬自己方面的文化。但是，我觉得，有一项的确是地地道道的中国文化，却还没有人提起，这就是中国的篆刻。中国篆刻大盛于汉代，此时是铜印和金印；以后历代绵延不绝，到了明清时代，石印大兴，一直到今天；篆刻所用的材料大大扩大了，图章还在流行，与签字并驾齐驱。这难道不是可以列入无双谱的绝妙的中国文化吗？

胡亚曼（琦峻）先生是一个有心人。他多才多艺，从事图书馆事业，而又擅书法，善篆刻。多年来他就按照《百家姓》的顺序，搜集古今名人的印章，积之既久，已成巨帙，行将出版面世。我小时候也曾学习过篆刻，所务不专，水平颇低。但自谓是手低眼高，对于鉴赏还颇有一点自信。我生平最推崇清代浙派领袖陈曼生，每次看到他的篆刻，心灵辄为之震动不已，得到了极大的艺术享受。胡先生搜集的印谱中也有陈曼生的印章，可谓先得我心。但是，我不是想说，只有他这一方印章好，其余的都不行。其余的也是好的，也有我极其喜爱的。说胡先生这一部印谱琳琅满目，它是当之无愧的。

在弘扬文化声中，胡先生默默地做了一件别人疏忽而又非常有意义的工作。因此我是怀着无限欣慰的心情写这一篇小序的。

1990 年 9 月 14 日

《海外中国学家译文丛书》序

国内从事于西域南海古代交通史研究的老一辈的学者们，一定都还能记得，五六十年前冯承钧先生翻译了大量的法国中国学家关于这方面的著作；这些译文对我们的研究工作给予了巨大的帮助。当时中国学已流布全世界，但是在东方以日本为魁首，在西方则以法国为巨擘。这是大家都公认的事实。在这两个国家以外，瑞典的高本汉研究中国古代音韵，取得了空前的成就，为中国最有权威的语言学家所激赏。英国的 A. Waley 翻译介绍了大量的中国古诗，译文优美，受到了广大读者的欢迎。其他国家也有一些成绩卓著的中国学家，这里不一一列举。

这些中国学家，对弘扬中国文化，加深世界各国人民与中国人民的了解与友谊，起了不可磨灭的作用。他们的著作多半都已经介绍到中国来了。至今还为中国人民所阅读，所欣赏，中国人民永远不会忘记的。

也许有人要问：中国自己已经有足够的研究中国文化的专家学者，外国中国学家究竟在什么地方能帮助我们，在什么地方又能超越我们呢？也许还有人认为，中国语言只有我们中国人最能掌握运用，其他国家的学者总不免有隔皮猜瓜、隔靴搔痒之病。不是有的外国中国学家把唐诗“白头宫女在，闲坐说玄宗”中的“玄宗”译为“玄秘的宗教”吗？不是也有外国中国学者把六朝隋唐时期习见的“诚如来旨”译为“诚然是我佛如来的旨意”吗？

这些都是事实，无可否认。我甚至还能举出更多的这样的例子。这说明中国语言文字之繁难。连我们自己的学者也不敢保证，一定不会出这样的笑话。但是，总起来看，我认为，这不是关键问题，瑕不掩瑜。心理学家常讲一个现象：一个人在某一个环境里住久了，住惯了，对他周围的事物往往视而不见。反不如一个外来人，初来乍到，对周围的事物特别敏感，他能一眼就看到别人不注意的现象。我们自己的经验也能够证明，心理学家这个说法是完全正确的。我们常说的一句俗话“旁观者清”，也证明同一个事实。

外国的中国学家就正是这样的“外来人”“旁观者”。

他们研究中国文化、中国问题，能看到我们习而不察的事物。

此外，还有一点，我也必须着重指出。就拿上面谈到的西域南海的研究来作例子吧。五六十年以前，我们对西域南海的研究水平，远远比不上外国学者。原因是，这些地方的古代语言文字，我们多半不通；与这些地方有关的其他资料，我们多半不能掌握。我们除了能读中国史料以外，缺的东西太多，而且说句不客气的话，不通语言文字，不能掌握必要的资料，能读懂古代汉文典籍吗？因此，当冯承钧先生的《西域南海史地考证译丛》出版的时候，我们都由衷地感谢他，法文并不是我们每一个人都能读的。这一套丛书，第一册出版于1932年，最后一册1958年出版，前后相距二十多年。没有需要，能做得到吗？法国之外，日本学者关于西域南海古代交通的研究成果，我们也翻译了不少，比如关于《大唐西域记》、法显《佛国记》等等的著作，就是突出的例子。这些译文促进了我们的研究工作。

可惜好景不长，冯承钧先生之后，后继乏人，像冯承钧先生这样毕生勤勤恳恳，翻译不辍的“有心人”，再也见不到了。

当然，我们也必须承认，在过去几十年中，我们中国学者在研究西域南海方面，或者在其他方面，都已有了长足的进步。这一点，连外国学者也是不得不承认的。但是，话又说了回来，即使自己有了进步，“他山之石，可以攻玉”这两句古话到了今天仍然是真理。如果多了解一点海外中国学家的研究成果，肯定会对我们自己的研究工作大有裨益的。我们翻译了英国学者李约瑟的《中国科学技术史》这一部巨著，它给我们提供了大量的资料和信息，极大地鼓舞了我们的民族自信心，提高了我们的爱国主义思想，促进了外国人民对中国在科学技术方面巨大贡献的认识，如此等等，不一而足。这仅仅只是一个例子；然而这个简单的例子不是包含着极为深刻的意义吗？

根据我自己的观察，除了李约瑟的著作以外，我们对海外中国学家的研究成果，注意得越来越少了。我们几乎是关起门来，搞自己的名山事业。结果是某一些研究工作者视野不广，囿于成见，故步自封，难有新意。这当然大大地不利于我们研究工作的展开。每年都召开一些什么什么国际研讨会，专就社会科学和人文科学来说，多半是热热闹闹一阵，吃吃喝喝一番，长城、桂林、兵马俑，茅台、烤鸭，满面春风。即使留下几篇论文，也多半是应景之作，从中难以窥海外中国学研究成果之全豹，留给我们的印象不深，也不能持久，对我们没有多大好处。

最近我给极受读者欢迎的《文史知识》提意见时，曾讲到这个问题。我希望，我们中国的文史学界多注意外国同行们的研究动态，多阅读人家的研究成果。我们决不能两耳不闻天下事，退到闭关锁国的状态中去。这个意见颇受到同行们的重视。时至今日，我们提倡改革开放，但是，我们决不能只开放肯德基、米尼姆、卡拉OK、万宝路；可口可乐、T恤衫、耐克旅游真耐穿；而对人家研究中国学的成果，则漠然置之。我这个比拟也许有点不伦不类。一般说来，真正埋首社会科学和人文科学研究工作的人，对卡拉OK之类，不一定有多大兴趣。我只不过想指出这种风气之十分不正常而已。

如果我们放眼看一看今天的中国和世界，我们的头脑会清醒一下的。全国人民，特别是学者们，都在努力弘扬中华文化。中华文化曾普照西方大地，全世界文化的发展皆蒙其利。这一点没有人敢予以否认。因此，现在提出弘扬中华文化的口号，是绝对必要的。但是，我们要弘扬什么呢？又怎样弘扬呢？我看不出有什么具体的章法。有一位同行说了一句似乎是俏皮但实则含义深刻的话："出口转内销。"他指的是，国外正在兴起一股研究以中华文化为主体的东方文化的高潮，这一股高潮"波撼岳阳城"，也撼动了我们赤县神州。原来出口的东西又转销到国内来了。对这种出口转内销的情况，我们应该竭诚欢迎，大力响应，这对我们弘扬中华文化是天赐良机，求之不得的。

最近几年以来，我经常考虑在人类历史上东方文化和西方文化的关系问题。我发现，几千年以来，这两种文化的关系是，三十年河东，三十年河西，更迭兴替，互为补充，从而促进了人类文化的发展。从十九世纪初叶一直到今天二十世纪末叶，西方文化主宰了世界。但是西方有识之士已经预感到，他们自己的文化也不能万岁千秋。这个文化现在已经露出了不少破绽，有点强弩之末的味道了。东方文化取代西方文化的迹象已经萌出。西方国家，特别是那几个世界大国，对社会科学和人文科学的研究，露出了一个明显的特点：对东方文化，特别是中国文化，兴趣渐浓。研究印度学的人，从历史语言的考证转向大乘佛教和佛教密宗；研究中国学的人，兴趣渐渐集中到《周易》《老子》《庄子》，以及禅宗的研究上来。为什么出现这种现象呢？我个人认为，原因并不难找。西方学者中特别敏感的人看到了自己的文化有了点穷途末日之象，济之之方无他：转向东方文化。

回看我们中国学术界，注意到这个现象的人似乎还如凤毛麟角。这种状况是完全不能令人满意的。我们必须想方设法，唤起大家的注意。唤起的方法多种多样，出版这样一套《海外中国学家译文丛书》或许是其中最重要的。它至少能起到当年冯承钧先生《西域南海史地考证译丛》已经起过的作用。我们希望，通过这一套丛书的出版，海内外中国学的研究能够互通声气。通过这一套丛书的出版，真正能为弘扬中华文化做些脚踏实地的工作。通过这一套丛书的出版，能改变一下当前这种闭塞的情况。通过这一套丛书的出版，“投石击破水中天”，能投出一块这样的石头。总之，作用是很多很多的。希望这一套丛书能带我们跟上世界潮流。我个人认为，这是雪中送炭的工作，但又何尝不能理解为是锦上添花呢?

以上是我的想法，也是我的希望。

是为序。

1991 年 1 月 2 日

《中华姓氏大辞典》序*

前不久，张在德同志介绍袁义达同志来看我，带来了《中华姓氏大辞典》这一部长达一百五十万字巨著的部分稿子，要我写一篇序。这确实让我踟蹰难决：我那一点对中国姓氏的知识能保证序写成后不出笑话吗？我请他把稿子和一些说明材料留下，意思是等我学习完了再行定夺。万万没有想到，我一接触稿子和资料，立即有豁然开朗之感：原来在这些普普通通的姓氏里面，竟隐藏着这样重要的含义。我从中学习了很多东西。我当机立断：这一篇序一定要写的。

我小时候读过《百家姓》，只是跟着老师念，根本不了解其中的意义。后来在国内外读书做事，虚度了几十年，

* 本文略有删节。

逐渐知道了中国的姓绝不止百家。明朝有《千家姓》一书，没有读过也没有考虑过，中国的姓氏是否就到千家而止。可是我知道了，世界各国的姓氏制度是颇有分歧的。有的国家根本没有姓。在中国，姓氏制度在各民族之间，也不是完全一致的。但是，姓氏制度究竟意味着什么，我仍然没有加以考虑。

在德国读书的时候，听一个德国同学讲过德国犹太人姓氏起源的一些笑话。原来犹太人从前就是没有姓的。几百年前，德国警察局规定每一个人都必须有个姓。这对日耳曼人来说本是“司空见惯浑无事”的，然而却难坏了犹太人。他们走到警察局，恭候发落。此时不怀好意的德国警察，却来了威风：“到门后边去站着！”他们怒喝。于是有的犹太人就真地站在门后边。结果“在门后边”就成了他们的姓。还有更恶毒的恶作剧。犹太人央求德国警察，给自己赐个姓。于是连“放屁”等一类的脏词儿都成了犹太人的姓。

这故事，我当时听了觉得好笑。及今回思，却只觉得悲哀。在姓氏里面竟还隐含着一部民族压迫史！

这是姓氏制度带给我的第一次反思。

以后，我在治印度和中亚古代语言之余，有时迫于形势，有时出自兴趣，我也搞了一点中外历史的研究。在这里面，我认识到了姓氏的重要性。治中国历史而不注意姓氏的研究，是根本不行的。过去和现在的历史学家，写过不少的关于姓氏的专著和论文。我顺便举一个例子：姚薇元的《北朝胡姓考》，是这一部《中华姓氏大辞典》的参考书之一。陈寅恪先生给本书写的序里说：

> 寅恪以为姚君之学，固已与时俱进，然其当日所言，迄今犹有他人未能言者。此读者自知之，无待寅恪赘论。惟不能不于此附著一言者，即吾国史乘，不止胡姓须考，胡名亦急待研讨是也。

寅恪师在下面列举了一系列的中国少数民族的姓名，从六朝一直列到清代，给治史者极大的启发。他不但号召别人来研讨，而且现身说法，自己著文，参加研讨，写了许多著名的论文，比如《元代汉人译名考》《李唐氏族之推测》《李唐氏族之推测后记》《三论李唐氏族问题》《李太白氏族之疑问》等等，在中外学术界引起了广泛的注意。

中国历史上姓氏问题之引起争论者，绝不止限于寅恪先生所论。即在我们日常社会生活中，姓氏实亦大有研讨之余地。其中颇有与历史相联系者。比如寅恪先生所提出之李姓，据目前科学统计，李姓实为当前中国的第一大姓。

其来源究竟如何呢？他们绝非都是李耳的后代，这是绝对可以肯定的。仅李唐一代，就制造了不少的李姓。有许多波斯人到了中国改姓了李，著《海药本草》的李洵即其中之一。再如马姓。伊斯兰教传入中国以前，比如汉朝的马援，《三国志演义》中的白袍小将马孟起等等，当然都可能是土生土长的“马”。唐代伊斯兰教传入以后，有许多姓马的穆斯林，可能或多或少地与“穆罕默德”“马哈茂德”等等有关，与马援和马超难以联系了。

这只是我顺手举的几个例子，在中国历史上和现实社会中，姓氏问题之复杂远远不止这一些。在这方面也还大有研讨的余地。

我在上面曾说到德国犹太人的姓氏问题。这样表现姓氏上的民族压迫，在中国历史上也是可以找到的。在本辞典的附录中，有一篇关于岦姓与岦庄地名的文章，里面讲到岦的来源很可能与宋代抗金英雄岳飞有关。他惨遭奸臣秦桧杀害后，他的后代怕再遭到奸臣杀害，携家带眷，逃到安徽省涡阳县一个僻静的地方，并把“岳”字拆开，把“山”字放在“丘”字上面，成了“岦”字。这个传说的真实程度，我们无法推测。但是，揣情度理，毋宁说是可靠的。此外，我还想到另一个传说。今天中国姓“闻”的，不一定都是闻太师的后人。宋代的与岳飞齐名的文天祥被杀害后，他的后人也为了同样原因，将自己的姓改为“闻”。揣情度理，我认为，这同样是可靠的。

上面讲的都是历史上的事情。姓氏研究同我们当前的社会主义建设有什么联系呢？

我认为，联系是密切的。这个认识只是我不久以前才得到的，通过这一次阅读本辞典的部分稿子和资料，又进一步加深了。先让我举几个例子。最近一个时期以来，我偶尔读到了一些文章，其中谈到，现在给小孩子命名最流行、最时髦的风气是起单名。结果造成了同名过多的现象，这给有关方面无端制造了大量的困难。现在我看了袁义达同志带给我的材料，里面讲到，中国汉族和满族李、张、王三大姓高踞榜首，鼎足而三。李姓占全人口总数的7.9%，张姓7.4%，王姓7.1%，三者加起来共占22%多，有几亿人口。这几个大姓再加上同名问题，情况就更加复杂化了。

比如说，今天最流行的单名是“军”“宁”等等，再加上传统的双名“宝珍”“玉珍”“淑贞”“兰英”等等和一度时髦的双名“卫东”等等；这样一些名，若与三大姓配在一起，试问普天之下将会有多少同姓又同名的人呀？事实上，专就我接触到的这一点社会层面来看，姓名叫“李军”“张军”“王军”的人，就不知道有多少。有时候，中学一个班里就有三个“张军”，再加上“李军”“王军”，则教员点名，邮局送信，有人打电话，公安局登记人口，政府有关部门进行人口普查，会引起多么大的混乱，不是一清二楚了吗？况且我国已经有了专利法和出版法，这些都与姓名有关。上述情况在这里会引起多么大的混乱，不也是一清二楚了吗？多么精细的电子计算机对此也将束手无策。文明社会，每一个人必须有一个姓名，这是必不可少的。姓名有点重复，哪一个国家也难以完全避免。但若过了头，则必然影响社会的运转。这一点也用不着再求得证明了。

上面谈的只是一个简单的例子。本书的自序中还提到其他一些与姓氏有关的问题和建议，所有这一切都应当引起我们严重的关切，切不可掉以轻心。这是我读了本书部分稿子以后的诚恳的希望。

两位作者都是自然科学家。他们习惯于谨严细致的科学工作方法，现在他们把这种方法应用到属于社会科学范畴的探讨方面上；我相信，细心的读者都会发现本书的谨严准确的自然科学的学风。我们搞社会科学和人文科学的人，应该认真学习这种学风。这是我的又一个诚恳的希望。

我写到这里，读者读到这里，我们必然都要想到两位作者和出版者四川辞书出版社，我们不能不佩服他们的远见卓识，他们独具慧眼；我们也不能不由衷地感激他们。他们肯而且敢在今天出版界人所共知的情况下，出这样大的人力、财力、物力，出版这样一部大辞典。我现在向中国史学界、社会学会、民族学界、公安部门、民政部门、教育部门等等郑重推荐这一部大辞典，它会给你们的工作提供极大的方便。

除了共同的感激之外，我个人还有一点特殊的感激。我在开头已经说到，张在德同志和袁义达同志代表作者找我写序的时候，我认为是给我出了一个难题，使我踟蹰难决，我甚至不理解，何以找到我头上来。我内心里不但毫无感激之意，而且还颇有点抱怨。然而，到了今天，材料看完了，序也写完了，仅仅不过几天的时间，我忽然恍然大悟，这对我来说，实际上是一个学习的机会，让我学到了不少的新东西。我现在又感到，光用“感激”二字都不能完全表达我的心情了。

我的序就写到这里。

1991 年 1 月 3 日

《中国女书集成》序

我虽然也算是一个研究语言文字的人，而且从事此项工作时间已经超过半个世纪；然而我却从来没有听说什么“女书”。去年赵丽明女士告诉我关于女书的一些情况，我真是大吃一惊，感到闻所未闻，见所未见。宇宙之大真是无奇不有，而我自己“孤陋寡闻”的水平也颇可观了。

最近赵丽明及其合作者撰写《中国女书集成》成，征序于我。我忙于杂务，无暇对女书做细致的研究。然而对赵丽明女士等探求新事物之精神和筚路蓝缕之功绩，实在是由衷地佩服。这样的精神和这样的功绩，在中国学术界不是每个人都能有的。写序的要求，我无论如何也无法拒绝。但自己既然是外行，内行话是说不出来的。如果打肿了脸充胖子，硬着头皮去说，则必然会贻笑大方，这也为我所不取。无已，就谈一点感想吧。

我认为，女书实在是中国人民伟大精神的表现。众所周知，在旧社会，劳动人民受到压迫，受到剥削，受到歧视，他们被剥夺了学习文化的权利。大量的文盲就由此产生。而旧社会的妇女，更是处在被压迫、被剥削、被歧视者的最下层。她们在神权、君权、族权、夫权的四重压迫下，苟延残喘，过着奴隶般的生活，哪里还谈得上什么学习呢？她们几乎统统是文盲，连起一个名字的权利都被剥夺。但是，她们也是人，并不是牲畜。她们有思想，有感情；能知觉，善辨识。她们也想把这些感情表露出来，把自己的痛苦倾吐出来。但又苦于没有文字的工具。于是就运用自己独特的才识，自己创造文字。宛如一棵被压在大石头下的根苗，曲曲折折，艰苦努力，终于爬了出来，见到了天光，见到了太阳。试想，这是多么坚忍不拔的精神，多么伟大的毅力，能不让人们，特别是我们男子汉们，敬佩到五体投地吗？这难道不能够惊天地泣鬼神吗？

赵丽明这一位女博士，本身就充分体现这种坚忍不拔的精神，她能冒万难，走僻壤，深入人们罕至的少数民族地区，调查研究，奔走访问，费了几年的时间，终于同八位合作者，调查了许多书，明白了其中的奥秘，现在纂成了这一部书。它肯定会对语言、文字、社会、宗教、民族等各方面的研究起促进作用，为我国学术界添上一朵奇花。她这种干劲不是也同样感人至深吗?

在敬佩之余，写了这一篇短序。

1991年10月5日于北京大学

《历史名城——临清市志》序

现在全国许多有条件的省、市、县，都在编纂地方志。这是一件很有意义的好事。这是在经济初步繁荣以后，希望对本地区的历史、文化等等方面有所了解的迫切心情的自然流露。中国历来有修地方志的传统，历千年而不衰，遍神州而无遗。这在世界上是绝对独一无二的，值得大大地赞美和发扬。当然，我们今天的修志，同旧的修志的传统，不能说没有一点联系，不能说没有继承关系。但是最根本的最重要的事实是，我们不是继承，而是创新，是在崭新的政治和经济的形势下的创新，是为了建设更美好的社会的创新。

我们中华地大物博，历史悠久，炎黄文化，彪炳千秋，影响广被，无远弗届。这是举世的公言，非我一家之私言。

因此，前不久弘扬中华优秀文化的口号一经提出，立即得到各方面的热烈响应。弘扬中华文化，不仅仅是为了中国一国，为了中华一族，而是为了整个世界和整个人类的前途。谁也无法想象，如果没有中华文化，现在的世界文化会成一个什么样子。

弘扬中华文化之道多端。以中国之大，文化内容之丰富，弘扬决不能毕其功于一役，成其事于一地。有力量有条件的省、市、县都应该先弄清自己的文化家底。我在这里说的文化是广义的，所有的政治、经济、文学、艺术、语言、科技、哲学、宗教，甚至社会风习，凡是含有精华成分的，都属于文化范畴。只有在这样摸清一个地区家底的基础上，全国的文化的家底才能具体而细致地摸清楚。只有摸清楚全国的家底，真正的弘扬才能谈到。这道理是再清楚不过的。而编纂地方志正是摸清家底的最有效的办法。

其次，现在大家都痛感，必须给广大青年，甚至一些中老年进行爱国主义的教育。在中国历史上，爱国主义成为传统，由来已久，在全世界上罕见其匹。原因是在中国历代都有外敌侵略蹂躏中国人民。存在决定意识。于是就逐渐形成了浓烈的爱国主义。如果没有外敌的话，哪里还需要什么爱国主义？到了近代，西方资本主义国家侵略成性，利用自己的坚船利炮，破门而入，把中国变成了半殖民地。我们人民受剥削，受污辱，忍气吞声，挣扎于水深火热之中，吃尽了苦头。到了今天，一般老年人还记忆犹新，而青年人则生长于蜜水之中，逐渐忘记了这一切。同他们谈起这些情况，有的人甚至吃惊得瞪大了眼睛，好像是在听海外奇谈。他们崇洋媚外，唯洋是务。我们常说：好了疮疤忘了痛。在这些青年身上根本没有什么疮疤，当然更谈不到痛不痛了。他们只觉得洋货可爱，洋餐好吃，洋国可留，洋人可亲。连莫名其妙的“可口可乐”之类也居然风靡全国。在旧社会是洋人树立牌子，上书：“华人与狗，不许入内！”现在是中国人自己干这样的勾当，岂不大可哀哉！又岂不大可怪哉！然而，只要睁眼一看，滔滔者天下皆是矣。屈原所谓“黄钟毁弃，瓦釜雷鸣”，不就是这样子吗？中国老祖宗留下的给全人类带来幸福的、被全世界人民所公认的好东西，则对不起，统统忘掉了。我们将何以对后世子孙！我并不是说，现在每个人都是这样，那不是事实。可是，特别是青年中，崇洋媚外者实繁有徒。有识之士怆然忧之，一致认为，进行爱国主义教育，已经刻不容缓了。我们也并不是盲目地排外。外国的一切好东西，我们还是要学习的。文化交流是促进人类社会进步的重要手段。这一点大家是都明白的。

进行爱国主义教育也是其道多端。我个人认为，要想爱国，必先爱乡；乡而不爱，何从谈国！我在小学读书的时候，有一门课程，叫做“乡土”，专讲本地区的文化、历史，以及各方面的情况。我学了以后，觉得非常亲切、有味，受益良多。后来不知道是为了什么，忽然不见了。记得我们国家领导人也曾经谈到恢复乡土课的问题。我觉得，这是非常正确、极有远见的意见。全国各省、市、县应该尽快恢复这种做法。这个课程只限于小学或者中学，不必占过多的时间。每周一小时，一年足矣。我相信，谈说本地文化，介绍本地风光，学生听起来必然感到亲切、有味。爱乡之心，必然油然而生。乡相连而成国，在潜移默化中，既然爱乡，还能不爱国吗？乡土课的教材从哪里来呢？就是过去千百年来已经编纂过的，现在又在编纂的省、市、县志。

第三，为了当前的经济建设，我们也必须摸清本地区有关这方面的家底，而编纂地方志正是达到这个目的的最好的办法。

基于以上三大原因——其他原因当然还会有一些的——编纂地方志的工作确实应该提到议事日程上来了。

我们临清市，在这方面不甘后人，已经由市领导机构组成编纂《临清市志》的班子，工作了一段时间，初稿已经写出来了。作为临清游子，我感到欢欣和骄傲。

我们临清市，在过去一千多年的历史上，曾经是中国南北交通大动脉运河上的经济文化重镇。文人学士、达官贵人、贩夫走卒、赶考举子，只要是从南方进京，几乎无不通过临清。遥想当年舟舶星聚，帆影云层；廛闬扑地，歌吹沸天；车水马龙，商贾联翩。景象何等繁忙动人！我们临清，南通苏杭，北连皇都；会八方之风雨，通百邑之有无。地位又何等重要！在这样的情况下，这里的经济、文化空前发展，是很自然的结果。

但是，曾几何时，津浦铁路修通了，运河的重要意义降低了。南来北往过往人士，很少再来临清。南北商品的运输任务，也自然而然地转移到铁路上去。临清的经济发展当然受到阻碍，文化发展也随之受到影响。虽然还没有到一蹶不振的地步，但当年盛况则杳如云烟了。中国过去常讲气运，一个朝代，一个地区，都有气运，而气运又会转变。这绝不是迷信之谈。气运是由物质环境和内部矛盾所决定的，不相信是不行的。我们临清由盛而衰，也是气运使然。

但是，文化是能够积淀的。在我们临清，过去文化的积淀迄今依然到处可见。这具体地表现在很多方面。比如，我们文人墨客的流风余韵，依然浓烈存在。能诗词善书画者，不但有老年人，也有中青年人。自忠碑林开始筹建了，书画社已经创办了，与外地的书画家联合发起书画展也已开端了。这都引起了人们的注意。大家都承认，饮食是一个国家、一个民族文化的最具体、最鲜明的表现。世界各国无不重视饮食文化。在这方面，我们临清也有独特的贡献。到过这里的外地人，对我们肴馔之丰美，花样之繁多，无不交口称誉。在我们宴会上能一气端上十几种口味各异的菜汤。这在全国也是仅见的。此外，我们在饮食方面还有不少的特产，也是遐迩闻名的。文化的积淀当然不仅仅限于以上几种。文化是与经济有密切联系的。我们经济和文化的发展潜力是异常雄厚的，这一点我们绝对不应该忘记，我们应该有绝对的信心。

环顾当今世界大势，最近一个时期以来，亚洲几条小龙的腾飞，引起了全世界普遍的注意。他们为什么能腾飞呢？大家一致认为，他们都十分重视文化教育工作，这是最主要的原因。可是文化教育的发展又必须有经济振兴作为基础。这难道不成了鸡与蛋的关系吗？我认为，不完全是。文化教育与经济确实是互相依赖的。但没有鸡与蛋那样谁先谁后的问题。只要双方并重，双管齐下，则矛盾并不难解决，互相促进之效可以立收。再加上一些外部的有利条件，则经济必然腾飞，文化必然昌盛，其势不得不然也。

经济的发展，专就物质基础而论，一取决于原料，二取决于交通。现在，我们临清面临的形势是，根据地质勘探，我们市境以内，有丰富的地下矿产蕴藏，石油和天然气都有。在交通方面，疏浚大运河之声，洋洋乎盈耳，而国家修建的京（北京）九（九江）和石（石家庄）兖（兖州）两条铁路，都要经过临清；南水北调工程也将离不开临清。一旦地下资源得到开发，水陆交通能够畅通，再以大力发展教育文化事业，努力培养建设人才，并千方百计地引进中外的尖端科技，使地下资源得以充分利用；小而至于土特产品的生产和推销，饮食文化的弘扬，也决不忽视；能做到这一步，则我们临清市的经济腾飞必将指日可待，文化教育的进一步的腾飞，也将同时出现，我们市将成为北方的经济文化重镇，成为一条天马行空般的飞腾的龙，对我们伟大祖国的建设事业也将做出重要的贡献。届时，舍利塔将再放光辉，鳌头矶将重显雄姿。当年极盛时期的情景，不但得以重现，而且还将大大地超过，岂不猗欤盛哉！

现在，我们的市志已经编成，对我们市的历史、文化、政治、经济等等各方面的情况，都摸清了底。这将大大地有利于弘扬中华文化，大大地有利于进行爱国和爱乡的教育，大大有利于进行经济建设。这是一件艰巨而伟大的工作，对其意义怎样评价也不会过高，我们下一步的任务就是行动。我相信，在目前的领导班子领导之下，全市人民必然会意气风发，力争上游，把我们的各项工作做好。我虽已老迈驽钝，“肯将衰朽惜残年”？我还有信心看到我上面所谈的那样的日子的到来，看到梦想成为现实。我愿追随诸君子之后，竭尽绵薄，为自己的桑梓之邑作最后的冲刺。是为序。

1992 年 2 月 22 日

《唐·吐蕃·大食政治关系史》序

王小甫同志把自己的博士论文增补、扩大了以后，即将付梓，索序于我。我对于他研究的这个题目没有深入探讨，不敢赞一词。但是对于与此书有关的中亚史地研究工作，却颇有一些意见想说一说，因此便答应了下来。

全世界都承认，中华民族是一个最爱历史的民族。我们不但注意写本国历史，而且几乎在所有的正史中都有讲西域（中亚和新疆，甚至这地区以外的一些地方）的专章。在大量非正史的著作中，在所谓“杂史”里，有关西域的记载也大量存在。古代西域，虽然荒凉寂寞，但在人类历史上却起过极大的作用。中西文化交流的主要干线丝绸之路，就横贯此区。它对沿途各个国家在几千年的历史上起了促进作用，促进了经济、文化各方面的发展。如果没有这一条丝绸之路的话，人们简直无法想象，这个地区的国家会是什么样子。但是，在历史上，这个地区多为游牧民族所统治，极端缺乏文献记载。所以现在研究起来有极大困难。幸而西方古代留下了少量文献，阿拉伯、伊朗等地的旅行家也留下了一些文献记载，稍稍照亮了这个地区的历史的暗云。而中国古代史籍中有关的文献记载比较系统地比较全面地阐述了这个地区各方面的情况，其意义与价值远远超过了西方和伊斯兰国家的有关文献，从而受到了全世界有关学者的重视。他们都异口同声地承认，如果没有中国的文献记载，研究古代西域，研究丝绸之路，几乎是无法进行的。

但是汉文，尤其是古典汉文却决非轻而易举就能掌握的。在这里，汉文几乎成了拦路虎。西方学者无论矣。即以日本而论，他们的学者学习古典汉文有悠久传统，有便利条件；可是，仔细推敲一下，他们对汉文的掌握对绝大多数的人来说，却绝不是没有问题的。日本老一代的西域古代史地专家做出了重大贡献。这一点必须承认。但是，他们的著作也间有问题。这些问题一方面出于对西域古代语言掌握不够；另一方面则出于对汉文古典文献的掌握也还没能达到得心应手的水平。年轻一代的日本西域史地学者，在掌握古代西域民族语言方面，较之老一代有很大的进步。但是，在掌握汉文方面则反而不及老一代。这是很值得注意的一点。

谈到中国这方面的学者，我们有我们的有利条件，但也有我们的不足之处。有利条件首先就是对汉文古典文献的掌握。虽然我们也决不敢说毫无问题，我们的困难也还是不老少的，年轻一代学人的掌握水平更与老一代有差距；但是，总起来看，同国外学者比起来看，我们的水平是颇能令人满意的。不足之处是，虽然我们注意西域已经有了两千来年的历史，可是到了近代，我们在这方面的研究却落后了。一直到十九世纪末叶，西域研究才又稍稍抬头，出了一些研究古代西域史地的学者，写出了不少非常有水平的书。可是这些学者也有一个共同的缺点：不懂西域古代语言，不通西方近代语言。研究工作有点坐井观天的味道。接着来的是一个在政治上非常混乱的时期。政治经济的混乱影响了学术研究，其中也有西域古代史地的研究，几乎达到了后继无人的程度。其间也出了几个大师，如王国维、陈寅恪等，虽为中流砥柱，但又独木难支。西域研究变成了荒凉寂寞的沙漠。有识之士，虑然忧之。

一直到了最近十几年，我国西域古代史地的研究才逐渐昌盛起来。目前，老中青三结合的研究梯队，可以说是已经形成。这一个梯队的特点就在于，他们既通中国古典文献，又能通晓有关的西域古代民族语言，还能掌握一些西方当代通行的语言。广通声气，目光开阔，与全世界的专业同行有密切联系，与过去坐井观天的情景大异其趣，可以说是已经参加到世界学术研究的行列里来了。这在中国悠久的学术史上开辟了一个新天地，是值得大书而特书的伟大事件。

在这一个学术梯队中，非常值得一提而且必须提的是中青年学者的茁壮成长。这种成长绝不仅限于西域古代史地的研究，在整个所谓东方学的范围内，都可以这样说。因为我现在谈的是西域古代史地研究，所以讲中青年学者也仅限于这个范围。为了给人们一些比较具体的印象，我想举出几个人的名字：张广达、耿世民、林悟殊、刘迎胜、蒋忠新、余太山、胡海燕、段晴、王邦维、林梅村、荣新江等等，这个名单不一定很全，仅就我记忆所及，不过举出几个例子而已。这些人的特点就是中西兼通，基本上掌握所需要的西域古代语文。他们又都能通解汉文古典文献，这就如虎生翼，可以与外国同行逐鹿学坛了。我决不是说，他们都已十全十美。为学如逆水行舟，任何人，任何时候，任何年龄，任何国家，都要不懈地努力，他们也决不能例外。但是，无论如何，这些人是中国新一代的学人，前途是未可限量的。

我想把王小甫也归入这些学人中。我相信，他的这一部书就能够证明，我的做法是正确的。因此我怀着十分愉快的心情写了这一篇序。我原以为这篇序讲的都是书外的话，与本书关联不大。写完了以后，又觉得关联极大。究竟如何？请读者加以裁决。

1992 年 3 月 27 日

《陈瑞献选集》序

过去和现在，我在新加坡学术界和文艺界，都有一些朋友。有的鱼雁传书，切磋学问；有的过从甚密，结成了深厚的友情。我觉得，这真是人生乐事。

陈瑞献先生是新加坡文艺界的巨擘，仰望大名，心仪已久。但是直至今日，尚无缘识荆，极以为憾。现在忽然偶然得到了一个宛如自天而降的良机——陈先生要在中国出版选集了。承蒙垂青，邀我作序。以我庸陋，感愧交加。但我愉快地承担下来了这一件工作。从此我在新加坡的朋友又增加了一个，岂非乐事中之乐事吗？

我翻看了瑞献先生的文集，欣赏了他的绘画，看了一些介绍他的文章，开始构思。按照自己的老习惯，总想先正一正名，给他安上一个什么家，然后再根据这个家的特点，生发开去，写成一篇妙（也不一定都妙）文。一般人写序言，有的也是遵照这个路数。然而，这一次我却失败了——生平第一次在这样场合下失败——我找不到一顶现成的什么家的帽子，给他戴在头上而恰如其分，虽然我的帽子铺里现成的帽子数目是不算少的。

我迷离模糊地仿佛回到了几百年前的欧洲的文艺复兴时代。那时候，正如众所周知的，出了一些全面的、多才多艺的、几乎是无所不包的（universal）人才。我面对的陈瑞献先生就近乎这样的人。他是一个诗人、哲学家、画家、小说家、散文家、剧作家、评论家、学者、书法家、篆刻家、翻译家、外国文学研究者等等。在艺术范围内，他是油画家、中国写意画家、版画家，精通胶彩、纸刻，还是雕塑家。在哲学范围内，他通佛学、西洋哲学、中国哲学、美学、宗教学等等。此外，他还精通饮食文化、园林艺术，他也搞服装设计。在语言方面，他精通汉语、英文、法文、马来语。我列举了这样多的“家”，看来还不足以窥陈先生之全豹。即便是这样，陈先生不是已经能够让人目迷五色、眼花缭乱了吗？

陈先生这样一个 universal 的全才，在新加坡和其他国家获得很高的声誉，完全是顺理成章的。他获得了很多荣誉称号和勋章。新加坡一位收藏家为他修筑了一座规模庞大的“陈瑞献艺术馆”。一位评论家写道：“除了称他为天才之外，就没有别的称呼了。”中国当代大画家吴冠中先生称他为“东方青年的楷模，杰出的炎黄子孙”。因为陈瑞献先生，尽管在多方面都有极高的造诣，年龄还不到五十。按中国论法，只能算是中年。

怎样来解释这个“陈瑞献现象”呢？

近若干年以来，我经常考虑东方文化与西方文化的关系问题。我觉得，要解释“陈瑞献现象”，必须从东西方文化关系入手。

在东西方文化关系方面，我的观点不可能在这里详加阐释。简短截说，我的主要观点是：从人类文化的发展过程来看，文化交流是促进或推动人类社会发展的主要动力之一。在历史上，世界上已经产生了许多文化（有人称之为文明），但是哪一种文化也没有，而且也不可能万岁千秋。东西两大文化体系的关系是，三十年河西，三十年河东。到了今天，我们正处在一个世纪末中，一个新世纪——二十一世纪，就要来到我们眼前。世界上一切有识之士，应该立足于眼前的二十世纪末，而展望二十一世纪。只有这样才不至于看不清世界文化的走向，而迷离模糊陷入迷魂阵中。

带着这样的观点来看“陈瑞献现象”，就能理出一个头绪来。陈瑞献正是在东西方两大文化体系激荡冲撞中产生出来的人物，而且他身上也代表着东西方文化发展的未来。

陈先生的根虽然是在中国，然而他成长，受教育，接触社会，接受社会的熏陶感染，却是在新加坡。而新加坡，无论在地理上，还是在东西文化的冲撞上，正处在两方面的前沿阵地上。换句话说，新加坡是东西文化交光互影最显著最剧烈的地方。只有在这样的地方，才能出陈瑞献这样多才多艺几乎是全能的人物。事情不是非常明显的吗？

具体一点说，陈瑞献所受的教育，他受熏陶的文化环境，都是有东也有西。这一点是非常明显的。我在这里所讲的东方文化，除了包括中国文化以外，还包括印度文化。陈先生不但了解中国文化——这是他的根，而且也了解印度文化。他的一幅巨型的画，名字是 *Poem on Suchness*。Suchness 这个英文字（现称作词。——编者注）翻译的是梵文原文的 Tathata，中国古代佛典译为“真如”。陈先生以此字命名自己的画，可见他对印度佛教哲学之理解，之欣赏。而他在学术上的全面发展，于此也可见一斑。

西方文化主宰世界已经有几百年了。它的光辉成就给世界人民带来了幸福和繁荣。这一点谁也否定不了。但是，它同时也带来了麻烦与灾难。这一点也是谁也否定不了的，死掉了几千万人的两次世界大战，不是都从西方爆发的吗？现在困扰世界人民的许多祸害，比如环境污染、大气污染、破坏自然界的生态平衡、淡水资源匮乏、新疾病的出现，甚至人口爆炸等等，都直接地或间接地同西方文化是密不可分的。这些祸害威胁着人类生存的前途。

我个人认为，世界上所有的有识之士应该有足够的明智，应该有足够的勇气，来面对这个非常严酷的现实。不面对、不承认是不行的。回避也是没有出路的。

那么，我们应该何去何从呢？

唯一的一条出路就是：三十年河东的现象再次出现；东西两大文化体系沟通融合，而以东方文化的综合的思维模式济西方文化的分析的思维模式之穷；在西方文化已经达到了的已经奠定了的基础上，把人类文化的发展推向一个新的高度。只有这样，我在上面提到的那一些危害人类未来生存的灾害才有可能得到遏制，人类才能顺利地生存下去。

我觉得，在陈瑞献先生身上，这种沟通融合东西文化的倾向已经表现了出来。所以我说，他代表着东西文化发展的未来。

陈先生的国籍虽然是新加坡，而他的文化之根则是中华。为了弘扬中华的优秀文化，为了加强中新两国人民的友谊与理解，把陈瑞献先生介绍给中国的文艺界和学术界以及全中国的人民，是非常必要的，是会受到中国人民和新加坡人民的热烈欢迎的。现在中国的长江文艺出版社出版了这样一套《陈瑞献选集》，虽然还不足以窥全豹，然而鼎尝一脔，豹窥一斑，已足以慰情怡心了。这实在是明智应时之举，值得我们热情祝贺。我只希望把陈先生的绘画和其他方面的成就也能介绍过来。这样我们就能对陈先生了解得更全面一些。能做到这一步，则我在上面引用的吴冠中先生对陈先生赞誉的两句话——“东方青年的楷模，杰出的炎黄子孙”，才能充分变为事实，中新两国人民的友谊也从而会更进一步加强。这难道不是非常令人欢欣鼓舞的事情吗？是为序。

1992 年 11 月 16 日

《玉华宫》序

胡戟同志等编《玉华宫》既竟，索序于予。我对于玉华宫了解不多，踟蹰不敢应命。我虽不文，学殖贫瘠，但自问为人写序向不肯只说空话、废话，这一次也不甘例外。不敢应命的根源就在这里。但是，经过胡戟同志再三说明，小友荣新江又从旁敦促，同时还读了一点资料，觉得还是有话可说的。最重要的写作动力来自唐代高僧玄奘。这一位大师为我素所景仰，他的名著《大唐西域记》，我曾伙同一些学者做过详细的注释。既然玉华宫同玄奘有密切联系，我怎么能拒绝写序呢？

玉华宫，原来是唐初诸帝避暑的地方。玄奘于太宗贞观十九年（公元645年）由天竺回国，先住弘福寺。贞观二十二年（公元648年），太宗驾幸玉华宫，敕追奘法师。

这一次只是一次短暂的停留。到了高宗显庆五年（公元660年），“法师以为在京多务，恐难卒了（指《大般若波罗蜜多经》的翻译工作），于是屡请居山，方蒙恩许，往玉花宫寺翻译”（见《大正新修大藏经》50，218c）。从此以后，一直到涅槃，玄奘就住在玉华宫。

玄奘晚年，一些很有趣味的事情（对我们俗人来说）就都发生在玉华宫。比如，“法师从少以来，常愿生弥勒佛所。及游西方，又闻无著菩萨兄弟，亦愿生睹史多天宫，奉事弥勒，并得如愿，俱有证验，益增克励。自至玉花，每因翻译及礼忏之际，恒发愿上生睹史多天，见弥勒佛”（见上书卷，219a）。从这里可以看出玄奘晚年住玉华宫的信仰。又比如，在法师临终前，他仍坚信自己能上生弥勒佛所在的睹史多天。到了高宗麟德元年（公元664年），法师65岁，法师摔伤了脚，卧病。是年二月“五日中夜，弟子光等又问：‘和上定生弥勒前不？’报云：‘决定得生。’言讫舍命”（同上书卷，219c）。《行状》上记载玄奘住玉华宫的情况，就是这样。

我们不一定都是宗教信徒，书上的记载我们不见得都能相信，但是，玄奘这个人，除了虔诚的佛教徒以外，还有另外一个方面，他是一个有理想、有抱负的人；在他身上体现着中华民族品质中最优秀最突出的一点：硬骨头精神。他敢于排除万难，九死一生，到天竺去求佛法。没有迥异常人的精神，是办不到的。鲁迅先生称之为“中国的脊梁”的人中就有玄奘。到了今天，虽然朝代已经换过多次，时移世迁，沧海桑田。但是这种硬骨头精神还是我们所需要的。因此，我们还能够从玄奘身上学习很多很有用的东西。

玉华宫所牵涉到的当然不止玄奘一人，也还同唐初几个皇帝有联系。从这些皇帝身上，如果我们愿意的话，也还是能够学到点什么的，比如唐太宗的为政清明，逆耳之言能够听得进去，等等，对我们今天不是还有借鉴意义吗?

此外，玉华宫这个地方，在我们赤县神州，是山明水秀，属于“江山如此多娇”这个范畴的名山胜地，是大自然独垂青我们中华民族的一种表现。由于它的历史意义和自然风光，在唐代就吸引了一批著名的诗人到这里来流连忘返，诗圣杜甫就是其中的一个。这些诗人留下的诗篇，无疑会给这个地方增添无量朦胧的美。

综上所述，我们完全可以说，玉华宫是一处集高僧、皇帝、诗人、秀丽风光于一身的四位一体的名胜古迹。在历史上起过作用。在当前全国人民正在意气风发地建设我们国家的时候，为什么不能让它对文化建设和经济建设起点作用呢？这可以算是一种特殊的“古为今用”吧。我想，胡戟同志等之所以编撰这一部《玉华宫》正是出于这样的用意的。因此，我乐于为这一部书写这样一篇短序。

1993年7月3日

《清代海外竹枝词》序

竹枝词，作为乐府曲名，虽然起源于唐代。但是，我总怀疑，它是源远流长的。它同许多中国文学形式一样，最初流行于民间，后来逐渐为文人学士所采用。而对竹枝词来说，这个民间可能就是四川东部巴渝一带地区。唐刘禹锡任夔州刺史。有一次他来到建平（今四川巫山县），听到了民间的儿歌，受到启发，写了《竹枝》九篇。每首七言四句，绝类七言绝句，但不甚讲平仄，押韵也较灵活。当时白居易也有《竹枝》之作。

刘禹锡在《引》中说："昔屈原居沅、湘间，其民迎神，词多鄙陋，乃为作《九歌》，到于今荆楚鼓舞之。"刘禹锡并无意把《竹枝》的产生地带同《九歌》联系起来。但是，我认为，这是可以联系的。中国古代荆楚一带文化昌盛，几年前发掘出来的编钟震动了世界，就是一个很有说服力的例子。巴、渝地邻荆楚，可能属于同一个文化圈。民间宗教信仰以及祭神仪式和乐章，容或有相通之处。

从歌词内容上来看，也可以看出一些线索来。中国古代南方荆楚一带的诗歌，比如《楚辞》，意象生动，幻想联翩。勉强打一个比方，可以说是颇有一点浪漫主义的气息，同北方以《诗经》为代表的朝廷或民间的诗歌迥异其趣，这种诗词威仪俨然，接近古典主义。竹枝词在情趣方面比较接近《楚辞·九歌》等荆楚文学作品。

根据上面这些考虑，我就怀疑竹枝词是源远流长的。

在中国文学史上，以《竹枝》或《竹枝词》命名的文学作品不是太多。这方面的专著或论文数量也极少。我个人觉得，这似乎是一个小小的憾事。

王慎之先生是一个有心人，多少年来就从事竹枝词的搜集、整理与研究工作，成绩斐然，已有专著出版，享誉士林。现在她又搜集了外国竹枝词，包括了东西方很多国家。作者不一定都曾身履其境，但竹枝词中所描绘的当地的老百姓生活情趣，却几乎都是生动活泼，栩栩如身历。这会受到士林，特别是研究中国文学史的同行们的热烈欢迎，是完全可以预卜的。我向她祝贺。

外国竹枝词，同中国竹枝词一样，作为一个文学品种，非常值得重视。但是，根据我个人的经验，较之中国竹枝词，外国竹枝词还有更值得珍惜的一面。几年前，我写《中印文化交流史》时，曾利用过清尤侗的《外国竹枝词》中有关印度的那几首。把古里、柯枝、大葛兰、榜葛剌那几首都引用到书里，给平庸单调的叙述凭空增添了不少的韵味。我相信，留心中印友好关系的读者，读了这几首竹枝词以后，也会感到情致嫣然，从而增加了对印度人民的理解与感情。其他国家可以依此类推。由此看来，这些外国竹枝词的意义就不限于文学方面，其政治意义也颇值得重视了。

我向王慎之先生祝贺，祝贺这一部书的出版。我怀着愉快的心情写了这一篇序。

1993 年 7 月 4 日

《文学语言概论》序

李润新同志要我给他的新著《文学语言概论》写一篇序。最近，我又进入了一个新的忙乱时期，身上负的各种各样的债压得我喘不过气来：文债、信债、会债、咨询债、顾问债、座谈会债、招待会债、送往迎来债、采访债，如此等等，不一而足。我有时候烦上心头，简直想“出家”，以了尘缘。因此，润新的要求，我本来想加以拒绝的。但是，一读到他的来信，看到他的书稿，我立即改变了主意，不但要写，而且立即就摆脱众债拿起笔来。难道他的信和书就能有这样大的神力吗？不完全是。主要是因为他的想法，实获我心。我早就像骨鲠在喉，一吐为快了。现在就借机来吐一下。

中国是世界上第一个散文大国。这是天下之公言，绝非我一个人的私见。事实俱在，毋庸论辩。从文学语言这个角度来看，中国古代的散文丰富多彩，灿如百花。所谓文学语言，内容极为丰富，但是，以我浅见，不出两途：一是修辞，二是风格，二者有密切联系，但又截然可分。二者相较，风格尤重于修辞。修辞，一两句内就可以看出，而风格则必须综览全篇，甚至若干篇，才能够显现。总之，写文章，必须重视修辞，而风格更要重视。

太远太大的例子不必举了。仅就唐宋八大家而论，从风格上来看，在唐代，韩是韩，柳是柳，明眼人一看便知，绝不会混淆。在宋代，欧是欧，苏是苏，王是王，曾是曾，泾渭分明，也绝不会混淆。甚至在三苏之中，也自有不同。降而至于明清，明末的公安派、竟陵派，风格清新、险怪。归有光虽接近清代桐城派，细视之，也绝不雷同。至于桐城派中，方、刘也有区别。清末的散文家龚自珍，更有独特的风格，这是大家都承认的事实。

五四运动以还，文言改为白话，文字工具虽变，但风格之差异，在一些大家笔下，仍然能够区分。鲁迅无论矣。即以茅盾、巴金、老舍等而论，也各自有各自的文风，绝不雷同。他们可以说是继承了中国散文的优秀传统。

近四五十年以来，我们论文多以所谓马克思主义文艺理论为准绳，这本来是未可厚非的。标准的说法是，思想性与艺术性并重。实则思想性霸占了垄断地位，艺术性只成了一句空话。至于什么叫思想性，真正的思想性应该是什么样子，我们在这里姑不细论。谁要是一强调艺术性，现成的帽子就会落到你的头上。结果是谈虎色变。大家写评论文章，甚至撰写中国文学史，大都是高谈阔论他们所谓的思想性，而对一个作家或一篇文章的艺术性，则只是倒三不着两地、轻描淡写地说上几句空洞的话，应景而已。

产生的结果怎样呢？有目共睹，不，应该说，有的人熟视无睹，中国过去的悠久的优秀的散文传统，被忽视，甚至被抛弃了。在今天散文坛上（如果有这样一个坛的话），风起云涌，新的著作层出不穷。专门刊登散文的刊物，也颇有几家。看上去煞是热闹。然而夷考其实，则不禁令人气馁。从修辞和风格两个方面来看，今天的散文大体上可以分为两大流派。一派我称之为“搔头弄姿派”。这一派刻意雕琢，在修辞上死下功夫，“语不惊人死不休”。上焉者也还能够写出几篇打扮得漂漂亮亮如七宝楼台一样的文章。下焉者则不知所云。如果认为我夸大其词，我不妨顺手举一个例子。在一个很有水平的很受到欢迎的大型的散文刊物上，有一篇叫《外婆与月亮》的文章。开头两句是：“故乡独在遥远，我亦独在遥远。”接下去，类似的词句颇多。我再引上几句：“爱与恨这人类最基本的情感最早我便源于外婆的‘土炕文化’，善良的仙姑善良的老狐善良的月光……”第一个例子让人似懂非懂，第二个例子懂是懂得的，然而语法却怎样也无法分析。现在国内外都有学者提倡“模糊语言学”；但是，那里的“模糊”是非常有道理的。这篇文章的“模糊”，我却无论如何也找不出道理来。这篇文章绝不能独擅专利，类似的文章还有不少。这样的文章我称之为“搔头弄姿派”，难道还能算是刻薄算是过分吗？

另一大流派我称之为“松松散散派”。有人主张，散文的真髓就在一个“散”字上。愿意怎样写，就怎样写。愿意写到哪里，就写到哪里。完全是大白话，一无修饰，本色天成。这话不能说没有一点道理。在中国文学史上确实有一些作家是这样的。在诗歌方面，陶渊明和白居易的诗是有名的例子。宋代苏东坡的一些散文随笔，也可以归入这一类。但是这些诗文，貌似平淡，实则并不平淡。你越读越有味，有似吃橄榄，食之平淡，而回味无穷。这种平淡的文体是经过长期修养与磨练，又济之以个人的天赋，返璞归真，才能够形成的。如果率尔操笔，则凡能说大白话又稍能识几个字的中国人，都可以成为散文家，散文文坛岂非要广被神州吗？

可惜得很，在当前中国的文坛上，确有不少的散文家可以归入这一派。他们的文章含义并不深远，遣词造句又有时欠考究。生造的词儿和不通的语法，时有所见。这样的文章确不雕琢，读起来也明白易懂。作为公牍文书，新闻记录，未始不是好文字。然而说它们是文学，则不佞期期以为不可。

我在上面已经说过，近四五十年以来文学只重视所谓思想性，而根本抹煞了艺术性。流毒所及就造成了这种情况。以中国这样一个散文大国，有这样悠久辉煌的历史传统，到了今天，竟形成这样一个局面，实在不能不让人担忧，让人惋惜。

我最近经常考虑的就是这些问题。李润新同志也考虑到了这个现象，所以号召人们重视文学语言，重视文学的风格。我们“心有灵犀一点通”，所以我说“实获我心”。我就利用写序的机会，把我的看法写了出来。至于《文学语言概论》本身，体大精思，理论多是从实践中抽绎出来的。明眼读者自能鉴赏，用不着我多来费话了。是为序。

1993年9月11日

《中国翻译词典》序

现在颇有一些人喜欢谈论“中国之最”。实事求是地说，有五千年文明史的中国“最”是极多极多的。几大发明和几大奇迹，不必说了。即在九百多万平方公里的锦绣山河中，在人民日常生活的饮食中，“最”也到处可见。

然而，有一个“最”却被人们完全忽略了，这就是翻译。

无论是从历史的长短来看，还是从翻译作品的数量来看，以及从翻译所产生的影响来看，中国都是世界之“最”。这话是符合实际情况的，因而是完全正确的。

根据学者们的研究，中国先秦时代已有翻译活动。这是很自然的。只要语言文字不同，不管是在一个国家或民族（中华民族包括很多民族）内，还是在众多的国家或民族间，翻译都是必要的。否则思想就无法沟通，文化就难以交流，人类社会也就难以前进。

至迟到了东汉初年，印度佛教就传入中国。在此后的一千多年中，中国僧人和印度僧人，以及中亚某些古代民族的僧人，翻译了大量的佛典，有时个人单独进行，有时采用合作的方式。专就一个宗教来说，称之为“最”，它是当之无愧的。从明清之际开始，中间经过了十九世纪末的洋务运动和1919年开始的五四运动，一直到今天的改革开放时期，中国人（其中间有外国人）又翻译了其量极大的西方书籍，其中也有少量东方书籍。各种学科几乎都有。佛典翻译以及其他典籍的翻译，所产生的影响是无法估量的。

如果没有这些翻译，你能够想象今天中国文化和中国社会会是什么样子吗？

这些话几乎都已属于老生常谈的范畴，用不着再细说了。我现在想从一个崭新的、从来没有人提到过的角度上，来谈一谈翻译对中国文化的重要意义。

最近半个多世纪以来，在世界上一些大国中，颇有一些有识之士，在认真地思考讨论人类文化的演变和走向问题。英国学者汤因比可以作为一个代表。他的大著《历史研究》已被译为汉文。他把世界上过去所有的文明分为二十三或二十六个，说明没有任何文明是能永存的。我的想法同这个说法相似。我把文化（文明）的发展分为五个阶段：诞生、成长、繁荣、衰竭、消逝。具体的例子请参看汤因比的著作。我在这里声明一句：他的例子我并不完全赞同。

汤因比把整个中华文化（他称之为“文明”）分为几个。这意见我认为有点牵强，机械。我觉得，不能把中华文化分成几个，中华文化是一个整体。

但是，这里就出现了一个尖锐的问题：你既然主张任何文化都不能永存，都是一个发展过程，为什么中华文化竟能成为例外呢？为什么中华文化竟能延续不断地一直存在到今天呢？这个问题提得好，提到了点子上。我必须认真地予以答复。

倘若对中华五千年的文化发展史仔细加以分析，中间确能分出若干阶段，中华文化并不是前后一致地、毫无变化地发展下来的。试以汉唐文化同其他朝代的文化相比，就能看出巨大的差别。汉唐时代，中华文化在世界上占领导地位。当时的长安是世界上文化的中心。其他朝代则不行。到了近代，世界文化重心西移，我们则努力“西化”，非复汉唐之光辉灿烂了。

但是，不管经过了多少波折，走过多少坎坷的道路，既有阳关大道，也有独木小桥，中华文化反正没有消逝。

原因何在呢？我的答复是：倘若拿河流来作比，中华文化这一条长河，有水满的时候，也有水少的时候；但却从未枯竭。原因就是有新水注入。注入的次数大大小小是颇多的。最大的有两次，一次是从印度来的水，一次是从西方来的水。而这两次的大注入依靠的都是翻译。中华文化之所以能长葆青春，万应灵药就是翻译。翻译之为用大矣哉！

最近若干年以来，中国学术界研究中国翻译问题之风大兴。论文和专著都出了不少，又成立了全国的和一些省市的翻译组织，是一片欣欣向荣的景象。最近林煌天同志等又编撰了这一部《中国翻译词典》，可谓锦上添花了。对林煌天等同志编撰这样的辞书我是完全信任的。他们在翻译方面，既有实践经验，又有组织经验。他们编撰的书很有特色，汇集了涉及翻译学术方面的各种词条和有关资料，翻译工作者和文化教育界人士都可用作参考。煌天同志要我为本书写一篇序，我乐于接受，同时又乘机把自己对翻译工作的重要性的看法一并写了出来，以便求教于高明。

1993年10月11日凌晨

《敦博本禅籍校录》序

众所周知，禅学虽然号称来自天竺，实际上几乎是完全中国化了的佛学。在所有的中国佛教宗派中，独有禅宗流行时间最长，流行地域最广。个中消息，不难参透。

禅宗兴起以后，中国就有人研究禅学。禅学精神，一方面受到了中国固有文化的影响，一方面又极其普遍地极其深入地影响了中国的哲学、文学、艺术、文艺理论，等等，等等整个文化领域。

禅宗以其独特的思维方式和著述体裁，引起了人们的注意和重视。据我个人的看法，禅学是越向前发展，离开真正的佛教越远。到了后来，一直发展到呵佛骂祖，形成了佛教的一个反动，一个否定。是人类思想史上一个极其有趣的现象。正因为如此，禅宗就越来越成为人们研究的对象。先是中国人研究，后是外国人研究，韩国、日本等国的禅学专家，一代接一代，至今不衰。

最近一段时间以来，随着以中国文化为主导的东方文化，在世界上消沉了几百年以后，又有了重现辉煌的端倪的显露，禅学已浸浸成为世界显学。东方各国，固无论矣。西方国家也出现了一些对禅学有兴趣的学者。翻译禅籍，撰写文章，颇引起了西方学术界的注意。这将为下一个世纪东方文化的复兴开辟道路。

稍为内行的人都知道，研究古代典籍，版本最为重要，一字之差，往往谬以千里。宋元刊本之所以为世所重，道理就在这里。自从敦煌石室遗书被发现以后，世界学林为之震惊。在石室中众多的典籍中，禅籍也占了一定的比例。从此以后，中外研究禅学的学者，争先恐后，纷纷对敦煌禅籍加以校勘，加以探讨。正如王静安先生、陈寅恪先生等国学大师所指出的那样，新材料的发现必然能带动新学问的产生。在敦煌吐鲁番学范围内，敦煌石室的禅籍可以说是极有价值的新材料。其能推动这一门新学问迅速前进，完全是意料中事了。

眼前这一部邓文宽先生和荣新江先生共同校勘的《敦博本禅籍校录》，是在众多的国内外学者，在长达几十年内对敦煌禅籍的校录的基础上的集大成之作。这两位学者认真严肃，方法精密，既继承了中国朴学考证校勘的传统，又参照了西方的校勘方法，融会中西，贯通古今，因此我称之为集大成之作。最值得称道和重视的是，他们读书得间，细入毫发。对一些以前从未有学人注意到的敦煌写本的书写特点阐幽发微，公之于世，为斯学做出一大贡献。这一点，我相信，凡读本书的学人都会同意我的意见的。我由于有此书而感到愉快，感到骄傲。如果要讲爱国主义的话，写出这样的书，能在国际学林中占一席地，这就是最具体的爱国主义行动，比一千句一万句空话都更有用。

写到这里，我想要说和应该说的话可以说是已经说完了。但是我想再加上一条尾巴。这当然不是狗尾，甚至连貂尾都不是，而是，一条超过了众尾之尾。我想说的是我最近时常想到的一个问题。别人也许对它会感兴趣的。

我认为，吾人为学，有如运动场上的接力赛跑，棒棒不断，代代相传，永远在前进，永远没有止境。后来居上，青出于蓝，是自然规律。我现在想着重讲的是老年人的态度，也就是把接力棒传给年轻人的人的态度。这个态度，根据我的观察，并不容易处理好。学术圈子里并不缺少“九斤老太”，是谁都看得见的事实。我是一个平凡的人，我跑的这一棒并不很理想，虽然我也努力跑了。但是，我稍有自知之明。我赞成唐人的两句诗：“平生不解掩人善，到处逢人说项斯。”（掩字应写作藏。——编者注）我愿意为有才华的年轻人呐喊鼓噪，这样会对年轻学人的发展有利。在古今中外的名利场上，年轻人想脱颖而出，这个颖往往是很硬很硬难以脱掉的。我想从旁帮他们一下。我有意写一篇短文，姑名之为《燕园四杰》。先此预告，望“读官”（套用“看官”这个词儿）们注意则个。

1994年12月12日

《神州学人丛书》序

我是一个老留学生，在国外学习和工作了十年有余，后来我又到过全世界许多国家，对于留学生的情况，我应该说是了解的。但是，俗话说："老年的皇历看不得了。"我回国至今已有半个世纪，可谓"老矣"，我这一本皇历早已经看不得了。可为什么我现在竟斗胆来写这样一篇序呢？

原因当然是有的。虽然相距半个世纪，在这期间，沧海桑田，世界发生了天翻地覆的变化，留学生自不能例外。但是，既同称留学生，必然仍有其共同之处。我的一些看来似已过时的看法和经验，未必对今天的留学生没有用处。这有点像翻看旧书，偶尔会发现不知多少年前压在书中的一片红叶，岁月虽已流逝，叶片却仍红艳如新，它会勾引起我和别人一些对往事栩栩如在目前的回忆。

我现在就把这些回忆从心中移到纸上来。

中国之有“留学热”，不自今日始。三十年代初起一直到后来很长的时间内，此“热”未消，而且逐年增温。当年的大学生，一谈到留学，喜者有之，悲者亦有之。虽同样炽热，而心态却又天地悬殊。父母有权、有势、有钱，出国门易如反掌，自然是心旷神怡，睥睨一切。无此条件者，唯有考取官费一途，而官费则名额只有几名，僧多粥少，向隅而叹者，比比皆是，他们哪能不悲呢？我曾亲眼看到，有的人望“洋”兴叹，羡慕得浑身发抖，遍体生热。

留学的动机何在呢？高者胸怀“科学救国”的大志，当时“科学”只能到外国去学。低者则一心只想“镀金”。在当时大学毕业生找“饭碗”十分困难的情况下，想出国镀一下金，用现在的话说，就是“包装”，以便回国后在抢饭碗的搏斗中靠自己身上的金色来震撼有权势、有用人权者的心，其用心良苦，实亦未可厚非，我们大可以不必察察为明，细细地去追究别人心中的“活思想”和“一闪念”，像“四人帮”那样，这一帮人是彻头彻尾的伪君子。

尽管在当时留学生出国的目的各不相同，但是也有共同的地方。据我的观察，这个共同性是普遍的，几乎没有任何例外的。这就是：出国是为了回国，想呆在或者赖在外国不回来的想法，我们连影儿都没有，甚至连“一闪念”中也没有闪过。

写到这里，我再也无法抑制住同今天的留学生比一比的念头。根据我所看到的或者听到的情况来看，今天的留学生，其数目大大地超过了五十年前。其中决不缺少有“出国是为了回国”的仁人志士。但是大部分——大到什么程度，我没有做过统计，不敢乱说——却是“出国为了不回来”的。这种现象，自然会有其根源，而且根源还是明摆着的。无论什么根源也决不能为这个现象辩解。我虽年迈，但尚未昏聩。对于这个现象我真是大为吃惊，大为浩叹，不经意中竟成了“九斤老太”的信徒。

根据我多年的观察与思考，我觉得，世界上各国都有自己的知识分子。既然同为知识分子，必然有其共同点。这个共同点并不神秘，不用说人们也明白，这就是：他们都有知识，否则，没有知识，就不能成其为“知识分子”。但是，最重要的，还是他们都有不同之处。别的国家，我先不谈，只谈中国。同别的国家的知识分子比较起来，中国知识分子的特点是异常鲜明，异常突出的。也许有人会问：你不是正讲留学生吗？怎么忽然讲开了知识分子？原因十分清楚，因为留学生都是知识分子，是知识分子中一个独特的部分。所以讲留学生必须讲知识分子。

那么，中国知识分子的异常鲜明、异常突出之处究竟何在呢？归纳起来，我认为有两点：一是讲骨气，二是讲爱国。所谓“骨气”，就是我们常说的“有骨头”“有硬骨头”等等。还有“不吃嗟来之食”也属于这一类。至于“宁死不屈”“宁为玉碎，不为瓦全”等等一类的话，更是俯拾即是。《孟子·滕文公下》说：“富贵不能淫，贫贱不能移，威武不能屈，此之谓大丈夫。”这说得多么具体，多么生动，掷地可作金石声。我们不但这样说，而且这样做。三国时祢衡击鼓骂曹，被曹操假黄祖之手砍掉了脑袋。近代章太炎胸佩大勋章，赤足站在新华门前，大骂住在里面的袁世凯，更是传为佳话，引起普遍的尊重。这种例子，中国历史上还多得很。其他国家，不能说一点也不提倡骨气；但绝没有中国这样普遍，这样源远流长。

我觉得，我们中国人民，我们中国知识分子，我们中国留学生都必须有这样的骨气。

说到爱国，中国更为突出。在世界上众国之林中，没有哪一个国家宣传不爱国的。任何国家的人民都有权利和义务爱自己的国家。但是，我们必须对爱国主义加以分析。不能一见爱国主义，就认为是好东西。我个人认为，世界上有两种爱国主义，一真一假；一善一恶。被压迫、被侵略、被剥削国家和人民的爱国主义，是真爱国主义，是善的正义的爱国主义。而压迫人、侵略人、剥削人的国家和人民的爱国主义，是邪恶的，非正义的，假爱国主义，实际上应该称之为“害国主义”。这情况一想就能明白。德国法西斯和日本军国主义者狂喊“爱国主义”，喊得震天价响。这样的国能爱吗？值得爱吗？谁爱这样的国，谁就沦为帮凶。而我们中国，以汉族为基础的中国，虽号称天朝大国，实则每一个朝代都有“边患”，我们反而是被侵略、被屠杀者。这些少数民族，现在已融入中华民族这个大家庭中；但在历史上却确是敌人。我们不能把古代史现代化。因为中国人民始终处在被侵略、被屠杀的环境中，存在决定意识，我们就形成了连绵数千年根深蒂固的爱国主义。中国历史上有名的爱国者灿如列星，光被四表。汉朝的苏武，宋朝的岳飞、文天祥、辛弃疾、陆游等等，至今都是家喻户晓的人物，为中华民族增添了正气，为我们后代做出了榜样，永远照亮我们前进的道路。

我觉得，我们中国人民，我们中国知识分子，我们中国留学生都必须爱国。

说到这里，我不妨讲几个我们五六十年前老留学生的故事。在第二次世界大战期间，我正在德国留学和工作。我们住在小城哥廷根的几个留学生，其中有原清华大学副校长、中国科学院院士张维教授等。我们常想，一个人在国内要讲人格。在国外，除了人格，还要讲国格。因为你在国外，在外国人眼中，你就是中国的代表。他们没有到过中国，你是什么样子，他们就认为中国是什么样子。你的一举一动，都不能掉以轻心。我们常讲，如果同德国学生有了冲突，他出言不逊，侮辱了我们自身，这样的情况还可以酌情原谅。如果他侮辱我们国家，我们必须跟他玩儿命。幸而，我们从来没有碰到这样的情况。我们十分感谢诚实可靠待人以礼的伟大的德国人民。

1942 年，国民党政府的使馆从柏林撤走，取而代之的是日军走狗汉奸汪精卫的使馆。这对我们来说是一个十分关键、意义异常重大的事情。我同张维等商议，决不能同汉奸使馆发生任何关系。我们毅然走到德国警察局，宣布我们无国籍。要知道，宣布无国籍是有极大的危险性的。一个无国籍的人，就等于天空中的一只飞鸟，任何人都可以捕杀它，受不到任何方面的保护。我们冒着风险这样做了。一个有良心的中国人也只能这样去做。然而我们内心中却是十分欣慰的，认为自己还不是孬种，还够算得上一个堂堂正正的中国人。我们没有失掉人格，也没有失掉国格。

我说这一番话，好像是“老王卖瓜，自卖自夸”，意在吹擂自己。我全没有这样的想法。我比今天的留学生年龄要大上五六十岁。我不愿意专门说些好听的话，取悦于你们。如果我还有什么优点的话，那就是：我敢于讲点真话，肯讲点真话。我上面讲到的今天留学生的情况，也全是真话，没有半句谎言。

如果真是这样的话，我岂不是认为“今不如昔”了吗？岂不是认为“黄鼬降老鼠，一窝不如一窝”了吗？我决不这样相信。我上面虽然说道：我成了“九斤老太”的信徒。其实并没有。我的信条一向是“长江后浪推前浪，世上新人换旧人”。我始终相信“雏凤清于老凤声”。我总认为人类总会越来越好的，而绝不是相反。今天留学生的情况只能是暂时的现象。目前我们国家在生活福利方面还赶不上发达的国家，还有一些不尽如人意的地方。但这也只能是暂时的现象。我们有朝一日总会好起来的。今天有些留学生不想回国，我不谴责他们，我相信他们仍然是爱国的。即使已经“归化”了其他国家的人，他们的腔子里仍然会有一颗中国的心。那种手执刀叉，口咽大菜，怀里揣满了美元而认为心满意足，认为是实现了人生的意义与价值的人，毕竟只能是极少数。

我倚老卖老，刺刺不休，在上面讲了这一些并不是每一个人都爱听的语。俗话说：“良药苦口利于病，忠言逆耳利于行。”我相信，我的话不会没有用处的。话中如果有可取之处，则请大家取之。如果认为根本没有用，则请大家弃之如敝屣，我绝不会有任何怨言。

1995 年 11 月 5 日

《中国精神》序

郑州社科联的青年学者窦志力同志，冒着北国的寒风，不远千里，从郑州来到北京，把自己的新著《中国精神》这一部长达四十万言的新著送到我手中，并且让我写一篇序。说句老实话，我现在以望九之年被文债压得喘不过气来，我原打算立即婉言谢绝的。但是，一想到这个书名：中国精神，我立刻想到中国诗圣杜甫的四句诗："好雨知时节，当春乃发生。随风潜入夜，润物细无声。"正当我们全国人民群策群力，意气风发，锐意弘扬和创造我们的精神文明时，这一部书难道不是一场"当春乃发生"的"及时雨"吗？

再说句老实话，我现在实在挤不出时间细读这样一部巨著。我只能大体翻看一下，看看全书的目录和结构，找出我自己认为必读的几个章节，细读了一番，其余的只能望一望它而已，我决不冒充我曾读过全书。

就我翻阅所及，我觉得这是一部好书。有资料，有分析，有见解，有论断，而且有一些见解很精辟，发前人之所未发。虽然我不敢说，对他的意见我全部同意；但是我却不能不佩服这位青年学者思想之敏锐，对中国精神分析之细致。有的话切中时弊，发人深省。这些都是作者近几年来奋发努力，锲而不舍的结果，我应该向他祝贺。

我对中国精神，或者笼统说东方文化，没有多么深的研究。由于自己好胡思乱想，所以也悟出了一些道理，不敢敝帚自珍，曾写过一些文章，得到的反响总起来说是积极的。但自知是“野狐谈禅”，并不敢沾沾自喜。

我同作者的意见有的是一致的，有的是近似的。比如，他从五个方面来概括中华民族的基本精神：爱国爱民的献身精神，勤劳智巧的创业精神，忠诚无畏的勇敢精神，仁爱孝敬的重德精神，追求光明进步的革命精神。对他这样的概括，我是同意的。

鲁迅先生在《且介亭杂文》中有一篇文章叫《中国人失掉自信力了吗？》，他写道：“我们从古以来，就有埋头苦干的人，有拼命硬干的人，有为民请命的人，有舍身求法的人，……虽是等于为帝王将相作家谱的所谓‘正史’，也往往掩不住他们的光耀，这就是中国的脊梁。”鲁迅先生这一段话，同窦志力同志在上面列举的五条对比一下，可以发现许多共同的东西。

多少年以来，总有一个问题萦回在我的心中：什么是中华民族最优秀的传统？几经思考的结果，我认为是爱国主义。我们是唯物主义者，不能说，中国人天生就是爱国的。存在决定意识，必须有一个促成爱国主义的环境，我们才能有根深蒂固的爱国主义。只要看一看我们几千年的历史，这样的环境立即呈现在我们眼前。在几千年的历史中，我们始终没有断过敌人，东西南北，四面都有。虽然有的当年的敌人今天可能已融入中华民族之中；但是在当年，他们只能算是敌人。我们决不能把古代史现代化，否则我们的苏武、岳飞、文天祥等等一大批著名的爱国者，就都被剥去了爱国的光环，成为内战牺牲者。

但是，爱国主义并不一定都是好东西。我认为，我们必须严格区分正义的爱国主义和邪恶的爱国主义。在过去的历史上，我们中国基本上一直是受侵略、受压迫、受杀害的，因此我们的爱国主义是正义的。而像日本军国主义者和德国法西斯，手上涂满了别国人民的鲜血，而口中却狂呼爱国，这样的爱国主义难道还不是最邪恶的吗？这样的爱国主义连他们本国的人民也是应该挺身而出痛加挞伐的。今天，我们虽然已经翻了身，享受了独立自由的生活；

但是心怀叵测的一些列强仍在觊觎敌视。因此，我们仍然要努力发扬正义的爱国主义精神，这是我们神圣的职责。

现在我们已经改革开放，正处在市场经济的大潮中，正处在一个重要的转型期中，我们仍然要弘扬中国文化中国精神的精髓，这一点我在上面已经谈过了。但是我们的中国精神和以中国文化为核心的东方文化，其作用就仅仅限于中国和东方吗？否，否，绝不是的。自工业革命以后，几百年来，西方列强挟其分析的思维模式，征服自然，为人类创造了空前辉煌的文化，世界各国人民皆蒙其利。然而到了今天，众多弊端都显露了出来，举其荦荦大者就是环境污染、生态平衡破坏、新疾病产生、臭氧层出洞，等等。如果其中一项我们无法遏止，人类前途就处在危险之中。有没有拯救的办法呢？有的。“三十年河东，三十年河西”，西方不亮东方亮，唯一的一条拯救之路就是以东方综合思维模式来济西方之穷，在过去已有的基础上改弦更张，人类庶几乎有被拯救的可能，这就是我的结论。

给别人的书写序而侈谈自己的主张，似乎不妥。但我并不认为是这样的。我这样写不过表示我们“心有灵犀一点通”而已。

1996 年 12 月 10 日

《胡适全集》序
——还胡适以本来面目

在中国近百年来的学术史上、思想史上、文化史上、文学史上，甚至教育史上，胡适都是一个举足轻重的人物，一个矛盾重重的人物，一个物议沸沸扬扬的人物，一个很值得研究而又非研究不行的人物。

最近安徽教育出版社决定出版约莫有两千万字的《胡适全集》，征序于我。我没有怎样考虑，便轻率地答应了下来。现在说是轻率，但在当时并没有一点轻率的感觉，反而觉得确有点把握。因为我从中学起，一直到大学，到留学，到回国任教，胡适的著作从《尝试集》《胡适文存》起，一直到《胡适论学近著》，再加上报纸杂志上他的那一些政论文章都读过，有的还读了不止一遍。对他的学术造诣以及对政治和社会问题的看法，自己觉得颇有把握。在另一方面，在四十年代后半期，我作为北京大学的一个系主任，同作为校长的胡适，经常有接触的机会，请示汇报，例所难免。在学术研究方面，我同他一样，都推崇考据之学，颇能谈得来。从而对他的为人，待人接物，应对进退，有充足的感性认识。有了这两个方面，为他的全集写序，心里是觉得颇有底儿的，答应下来，难道还能算是轻率吗？

但是，一旦静心构思，准备动笔，我才憬然顿悟：自己答应得真是过于轻率了。我平常写东西，下笔颇快。这一次我却想一改旧习，学一学我的老祖宗季文子，要“三思而后行”，想把序写得好一点，写出一点水平来。适逢当今学坛突然掀起一股“胡适热”，仅就我视线所及，已经有十多种关于胡适的论著和胡适本人的著作出版问世。我觉得，要想写好这一篇序，必须熟读今贤书，从他们的书中吸取营养，扩大自己的眼界，开拓自己的思路。这个想法不能说不正确。古代中外许多圣贤不都提倡多闻吗？

于是我就多方搜求，得到了十几种胡适的书和关于胡适的书，整整齐齐，罗列案头，准备一一阅读，然后下笔，定能彩笔生花，写出一篇美妙的序文来。读了第一本书，觉得获得了很多知识，心里甜丝丝的。读了第二本，又觉得增长了很多知识，心里又甜丝丝的。记得外国什么哲学家说过，读别人的书，好像是让别人在自己的脑袋里跑马。跑第一次马时，我觉得跑得好，跑得有道理。跑第二次马时，我就觉得有点不对头。比方说，第一次跑马，马头向东。第二次跑马，马头却突然转而向西。究竟是向东对呢，还是向西对？我有点糊涂起来了。我这“糊涂”并不“难得”，是于无意中得之的。在糊涂中，我自己暗自思忖：如果第三次跑马而马头向南，第四次跑马而马头向北，我脑袋里岂非天下大乱了吗？这样一来，我将茫然，懵然，无所适从，我将完全处于被动的地位，变成一位呆子。

我于是下定决心，当机立断，把案头的书推开，除了偶尔翻阅一下以外，不再从头认真细读。与其让别人在自己脑袋里跑马，何不让自己跑几趟马呢？此时，我仿佛成了菩提树下的如来佛，尘障全逝，本性固融，丢掉了桎梏，获得了大自在。

且看我跑出些什么结果来。

胡适在中国近百年来学术史思想史上的地位

中国近百年来的学术史，也可以说是二十世纪的学术史，究竟应该怎样分期，我还没有读到并世贤哲们的著作。我自己在这方面绝不敢以内行自居，本着“半瓶子醋晃荡”

的原则，提出自己的看法。学术总是脱离不开政治的，以政治环境为纲，我想把二十世纪的中国学术史分为五个阶段：

（一）1901—1911 年；

（二）1911—1919 年；

（三）1919—1949 年；

（四）1949—1978 年；

（五）1978—现在。

我在下面试着加以简略的分析。

我觉得，要想探索中国近百年来的学术史，必须抓住三条线索或者三条脉络：一条是遵守乾嘉诸老的以考据为基础的治学方法；一条是利用西域和敦煌新发现或新出土的古代典籍和文物；一条是——利用美国学者费正清的现成的话——“中国对西方的反应”（China’s response to the West）。第一条和第三条都明白易懂。只有第二条需要加点解释。中国学术史上——我想，世界学术史也一样——有一种现象或者甚至一条规律：有新材料发现，就能把学术研究向前推进一步，在学术史上形成一个新的阶段或新的时代。这样的例子，中外都不缺乏。在中国学术史上，最新的一次材料大发现，就是西域考古成果和敦煌遗书。关于这个问题，王静安先生做过演讲，而且他自己就是身体力行的人。陈寅恪先生在《王静安先生遗书序》（见《金明馆丛稿二编》）一文中说："然详绎遗书，其学术内容及治学方法，殆可举三目以概括之者。一曰取地下之实物与纸上之遗文互相释证。……二曰取异族之故书与吾国之旧籍互相补正。……三曰取外来之观念，与固有之材料互相参证。"这真可谓要言不烦。以简单明了的三目概括了王静安一生"几若无涯岸之可望"的治学范围和治学方法，真是大手笔。寅恪先生的第一目和第二目，相当于我上面说的第二条，第三目相当于我说的第三条，大家一看就可以明白。

我在下面分析我提出来的五个阶段时，就以陈先生的三目为纲。只有提纲，才能挈领。我的分析当然以适之先生为主，因为我不是在写《中国近百年来学术史》，而是写《胡适全集》的序。在五个阶段中，第一阶段与胡适关系不大，那时他还是青年学生。第二阶段则与他关系至大，他是这一阶段的主角。第三阶段他仍然演重要的角色。第四阶段他居住在中国台湾和美国，几与大陆学术界脱离。第五阶段则他已去世，没有可能再扮演什么角色了。岁月流转，时移世变，对陈先生的三目必须有所增添。这是很自然的事，用不着多加解释了。

以下就是分析。

第一阶段

虽然清王朝已朝不虑夕，但仍然有一个太后和两个皇帝坐在宝座上，发号施令，天下依然是大清帝国的天下。这种政治环境不能不对人们的心态起着作用。

在这期间，乾嘉诸老的考据学风对一些学者仍有影响。学术界的一些领袖人物，像章太炎、梁启超等忙着以不同的形式进行反满的活动，想重振大汉之天声，对学术研究不能不有所忽视，研究成果难以出现。但是，正在同时，由西方人进行的西域考古则硕果累累，而敦煌遗书的发现者最初也是西方人。北京的学者们虽已有所闻，但他们中之奸猾腐败者，只知窃取，据为己有，而不知研究利用，与西方学人根本对立。在学术研究方面根本谈不到对西方的反应。

在这一阶段，胡适还是一个少年，谈不上什么参与。

第二阶段

1911 年，辛亥革命成功。不管对这个成功如何评价，反正北京已把皇帝改成总统（最初叫伯理玺天德），五族共和了，中国几千年来的封建统治结束了。这种政治环境也必然对中国人民——学者当然也包括在里面——的心态起着作用。在政治上，共和了没有多久，洪宪复辟的丑剧就出台而后又迅速地覆灭。接着来了军阀混战，民不聊生。在学术文化圈子里，老一辈的领袖人物，如章太炎、严复、康有为、梁启超等等，都有点功成身退的意味，一点也不活跃，在这一阶段的前一半，几乎成了真空，然而却给胡适准备好了活动舞台。

胡适于1910年赴美留学，先学农，后改文学，又改哲学。在文学和哲学中，他如鱼得水，欢游自如，找到了安身立命之地。初到美国时，他对美国政治感到极大的兴趣，并且亲自参加一些活动，达到如疯如狂的地步。因此，终其一生他认为美国式的民主政治是最好的政治，这里就埋下了他既反对共产党的政治，也反对国民党的政治之根。在哲学思想方面，他的最高理想就是杜威实验主义，也可以说是终生以之的。在学术研究方面，从他所写的三篇最早的文章——《〈诗〉三百篇言字解》《尔汝篇》《吾我篇》——中，依稀可以看见乾嘉诸大师的考据学对他的影响，他也是终生服膺增加了一点新成分的考据学，他有时称之为“科学方法”。

胡适于1917年回国。他虽然去国七年之久，但是对国内的情况，他还是相当清楚的。他回国后看到的是一个民生凋敝、政治混乱的局面。学术界几乎是一片荒芜，好像是等待着他来一试身手，大显身手。他一不颓唐，二不郁闷，而是精神抖擞，投入到祖国的改造中去。他带回来的是满脑袋的西方，特别是美国的思想。从对西方的反应这个角度上看，这是最激烈的时候，激烈地向西方倾斜。胡适的思想实际上是“全盘西化”的思想。陈独秀于 1915 年在上海创办的《新青年》，可以说是为胡适准备好了一片活动场所。1917 年，胡适的石破天惊的文章《文学改良刍议》，就发表在《新青年》1917 年 1 月号上。这是中国近代“文艺复兴”的第一声响炮，影响深远。胡适原意是掀起一场新文化的运动，然而最终却变成了一场声势浩大的政治运动，胡适对此曾多次表示不满。胡适因此以二十多岁的青年“暴得大名”。

总之，第二阶段的后半期，胡适意气风发，主宰了当时的文坛和学坛。

第三阶段

在这一阶段的前半期，胡适仍然是中国学术界和思想界的主将，同时他又涉足政治，发表了一些政论文章。在学术研究方面，乾嘉诸老的考据学对他仍有极大的影响。他锐意弘扬自己的“科学方法”。最著名的两句话“大胆的假设，小心的求证”，是他津津乐道而又人所共知的。西域考古资料，他不甚措意。敦煌遗书也仅仅利用了一点关于神会和尚的资料。而在同时，中国学术界的诸大师，如王国维、陈寅恪等等则精心利用地下发掘出来的资料和敦煌遗书，写出了超越欧洲和日本学者水平的文章。在对西方的反应方面，胡适一仍旧贯，向西方，特别是向美国倾斜，在学术方面和政治方面，都是如此。

第四阶段

此时中华人民共和国已经建立。胡适逃出了大陆，有时住在台湾，有时住在美国。在台湾，他并没有受到青睐，有时还遭到批判。在大陆，从五十年代中期起，他遭到严厉的批判，成为著名的“反面教员”。对学术界的正面影响，可以说是一点也没有，有人甚至谈胡色变，在大陆，胡适时代早已经结束了。胡适毕竟还是一个爱国者，不愿老死异乡的美国，晚年回到了台湾，刚过古稀之年，就走完了自己的人生历程。

第五阶段

1978 年中国大陆上执行了改革开放的方针以后，经济上发生了天翻地覆的变化。文化界和学术界，也在多年窒息之后，从外面吹进了一股新风。中国的知识分子，被除掉了桎梏，思想活泼起来。在学术研究方面，敦煌学取得了辉煌的成绩，吐鲁番学也初具规模，一批年轻学人脱颖而出，预示出中国学术万紫千红，繁花似锦的时期即将在新的一个世纪内来临。对西方的反应是积极的。我们既主张拿来主义，也推行送去主义，这给我们带来了莫大的益处。胡适虽然早已离开了人世，但在这一股和煦的春风吹拂中，学术界正掀起一股“胡适热”，关于胡适的著作已经出版了十几种。胡适自己的著作也陆续出版，《胡适全集》即将出版，这将是胡适研究的登峰造极之举。对胡适的评价，也一反过去那种僵化死板的教条主义，转向比较实事求是的公平合理的康庄大道。还胡适以本来面目，此其时矣。

作为学者的胡适

我认为，胡适首先是一个学者，所以我把评估他的学术成就列为第一项。这里用“评估”二字，似乎夸大了一点，只能说是我对他的学术成就的印象而已。而且学者和思想家往往紧密相连，你中有我，我中有你。硬分为二，是不得已之举。其间界限是十分模糊的。

我不是写《胡适传》，我不想把他的学术著作一一罗列。如果举书名的话，也不过是为了便于说明问题。我想把他的学术著作粗略地分为六大类：

（一）早年的《〈诗〉三百篇言字解》《尔汝篇》《吾我篇》；

（二）整理国故和国学研究；

（三）以《说儒》为中心的《胡适论学近著》；

（四）关于神会和尚的研究；

（五）关于《水经注》的研究；

（六）为许多旧的长篇小说写序、做考证，一直到新红学、《白话文学史》和《哲学史》等。

这六大类约莫可以概括他的学术研究范围。

我对以上六大类都不一一做细致的论述和分析。我只根据我在上面划分中国近百年学术史的阶段时提出来的三条线索或者三条脉络，来笼统地加以概括。第一类中的三篇文章，明显地表现出来了，它们一方面受到了乾嘉考据的影响，另一方面又受到了西方语言研究的影响，特别是“吾”“我”“尔”“汝”这几个人称代词。汉字是没有曲折变化的，完全不像西方那样。在西方语言中，人称代词有四格——主格、宾格、所有格和受事格——从字形上来看，泾渭分明，而汉字则不然，格变只能表现在字变上。这一点很容易为不通西语者所疏忽。胡适至少通英语，对此他特别敏感，所以才能写出这样的文章。胡适自己说：

我那时对归纳法已经发生了兴趣，也有所了解，至少我已经知道了“归纳法”这个词汇了。同时我也完全掌握了以中国文法与外国文法作比较研究的知识而受其实惠。(《胡适口述自传》页 120—121)

可以看出他自己的认识。

谈到国学研究，先要澄清一个误解。我往往听到有人怀疑：胡适是新文化运动的领袖，怎么会一变而整理起国故来？这是不了解全面情况的结果。胡适说：

中国文艺复兴运动有四重目的：

（1）研究问题，特殊的问题和今日迫切的问题；

（2）输入学理，从海外输入那些适合我们做参考和比较研究用的学理；

（3）整理国故（把三千年来支离破碎的古学，用科学方法做一番有系统的整理）；

（4）再造文明，这是上三项综合起来的最后目的。（上引书，页 203）

原来胡适是把整理国故或国学研究纳入他的“中国文艺复兴”的范畴之内的，同平常所理解的不同。

胡适对中国近三百年来的学术研究做了几点总结。在成就方面，他认为有三项：第一项是“有系统的古籍整理”；第二项是发现古书和翻刻古书；第三项是考古——发现古物。同时，他也指出了三大严重的缺点：第一个缺点是研究范围太狭窄；第二个缺点是太注重功力，而忽略了理解；第三个缺点是缺少参考比较的材料。他针对这三大缺点，提出了复兴和提倡国学研究的三点意见：第一，用历史的方法来尽量扩大研究的范围；第二，注意有系统的整理；第三，“专史式”的整理——诸如语言文字史、文学史、经济史、政治史、国际思想交流史、科技史、艺术史、宗教史、风俗史等等。（上引书，页 204—207）

以上就是胡适对整理国故的意见和贡献。

至于《胡适论学近著》中《说儒》那一篇长达数万言的论文，确是他的力作。他认为，“儒”字的原意是柔、弱、懦、软等等的意思。孔子和老子都属于被周灭掉的殷遗民的传教士，由于他们是亡国之民，他们不得不采取那种柔顺以取容的人生观。唐德刚先生对《说儒》这篇文章给予了至高无上的评价。他说：

> 适之先生这篇《说儒》，从任何角度来看，都是我国国学现代化过程中，一篇继往开来的划时代的著作。

他又说：

> 胡氏此篇不但是胡适治学的巅峰之作，也是中国近代文化史上最光辉的一段时期，所谓“30 年代”的巅峰之作。我国近代学术，以五四开其端，到 30 年代已臻成熟期。那时五四少年多已成熟，而治学干扰不大，所以宜其辉煌也。这个时期一过以至今日，中国再也没有第二个“30 年代”了。适之先生这篇文章，便是 30 年代史学成就的代表作。（上引书，页 273—274）

我个人认为，唐先生对《说儒》的评价和对三十年代学术的估价，是颇值得商榷的。《说儒》意见虽新颖，但并没有得到学术界的公认。郭沫若就有文章反驳。所谓“三十年代”的学术成就，不知何所指。当时日寇压境，举国同愤，也不能说“干扰不大”。

关于适之先生的神会和尚的研究和《水经注》的研究，他的确用力很勤，可以说是半生以之。前者的用意在研究中国禅宗史，后者的用意在为戴震平反昭雪，其成绩都应该说是在《说儒》之上。

为旧小说写序，做考证，在这方面胡适的贡献是很大的，而影响也很大。在旧时代，小说不能登大雅之堂。由于胡适和其他一些学者的努力，小说公然登上了文学的殿堂，同其他昔日高贵的文学品种平起平坐。他对《红楼梦》的研究，我个人觉得是合情合理的。至于与此有联系的《白话文学史》，我认为是失败之作。因为白话同浅显的文言并无泾渭分明的界限，反不如用模糊理论来解释——可惜当时这个理论还没有产生。胡适有时牵强附会，甚至捉襟见肘，不能自圆其说。《中国哲学史》始终没有写完，晚年虽立下宏愿大誓，要把它写完，可惜他过早地逝去，留下了一部"未完成的杰作"。适之先生在学术问题上有时候偏激得离奇，比如对中国的骈文，他说"有欠文明"。他认为"四六"体起标点符号的作用，他把中国中古期文章体裁说成"鄙野"或"夷化"，因为它同古代老子和孔子所用的体裁完全不同，同后来唐宋八家的古文，也迥然有别。他拿欧洲"修道士的拉丁"和印度的"沙门梵文"来相比，前者我不懂，后者则完全不是这么一回事。我认为这是一位极其谨严的学者的极其可怪的偏见。这一点，唐德刚先生也是完全不同意的。（上引书，页 274—275）

作为思想家的胡适

胡适不喜欢"哲学史"这个词儿，而钟爱"思想史"

这个词儿。因此，我不称他为“哲学家”，而称他为“思想家”。

不管是哲学，还是思想，他都没有独立的体系，而且好像也从来没有想创立什么独立的体系，严格地讲，他不能算是一个纯粹的思想家。我给他杜撰了一个名词：行动思想家，或思想行动家。他毕生都在行动，是有思想基础的行动。大名垂宇宙的五四运动，在中国学术史上，中国文学史上，甚至中国政治史上，是空前的，而执大旗做领袖的人物，不能不说是胡适，这是他在既定的思想基础上行动的结果。一个纯粹的思想家是难以做到的。

说到思想，胡适的思想来源是相当复杂的，既有中国的传统思想，又有西方的古代一直到近代的思想，以后者为主。中国“全盘西化”的思想和他有密切的关系。年轻时候信仰世界主义、和平主义和国际主义。在这方面影响他的有中国的老子。老子主张“不争”说：“夫惟不争，故天下莫能与之争。”还有墨子的《非攻》。此外还有西方的耶稣教的《圣经》，讲什么人家打你的右颊，你把左颊再转过去要他打。他这样的信仰都是历四五十年而不衰的。胡适的行动看起来异常激进，但是他自己却说，自己是保守分子。（上引书，页138—161）表面上看，他是“打倒孔家店”的急先锋，他却不但尊崇孔子，连儒家大儒朱熹也尊崇。唐德刚先生甚至称他为“最后的一位理学家”。

胡适的意见有时候也流于偏激，甚至偏颇。他关于骈文的看法，上面已经介绍过了。与此有关联的是他对于文言的看法。他说：

> 死文字不能产生活文学。我认为文言文在那时已不止是半死，事实已全死了；虽然文言文之中，尚有许多现时还在用的活字，文言文的文法，也是个死文字的文法。（上引书，页 161）

那么，胡适真正的主要的思想究竟是什么呢？一言以蔽之，曰实验主义。我现在根据胡适的自述，简略地加以介绍。实验主义是十九世纪末叶至二十世纪初叶流行于美国的有影响的大哲学派别之一。当时最主要的大师是查理·皮尔士（Charles Pierce）、威廉·詹姆士（William James）和约翰·杜威（John Dewey）。第一人逝世于 1914 年，第二人 1910 年。胡适不可能从他们受学。只有杜威还健在，胡就成了他的学生。胡适自己说，杜威对他有“终身影响”。

什么又叫做“实验主义”呢？必须先介绍一点欧洲哲学史，特别是古希腊的哲学，才能知道杜威一些说法的来源。这要从苏格拉底（Socrates，公元前470？—前399年）讲起。我现在根据唐德刚先生的注释（上引书，页108—114）极其简略地加以说明。苏格拉底对“知识”这个概念有特殊看法。人性是本善的，之所以有不善，是由于“无知”的缘故。“知”是“行”的先决条件。“知”中有善而无恶，有恶之“知”，不是真“知”，无“知”则“行”无准则。要了解什么是“知”，必须了解什么是“不知”。所有的事物和概念都有真“知”，一般人不了解真“知”而自以为“知”。所以都是糊涂一辈子。他十分强调“自知之明”。他之所以拼命反对“民主”，就是因为他认为芸芸众生都是无“知”之辈，他们不能“主”，“主”者只能是有德者，“德”只是“知”的表现。有“知”自有“德”。从“无知”到“有知”，有一个从无到有的过程和方法，这就是“苏格拉底法则”。苏格拉底认为，天下任何事物和概念都各有其“普遍界说”（universal definition），比如说，猫的“普遍界说”就是“捉老鼠”。世界上的事物和概念，都将由其本身的“普遍界说”而形成一个单独的“形式”（form），这个“形式”有其特有的“次文化”（subculture）。

上述这种推理法，就是所谓“苏格拉底法则”。杜威对这个法则极为赞赏，胡适亦然。他们认为，“法则”只是一种法则，是一种寻求真理，解决问题的方法，并不是替任何“主义”去证明那种毫无讨论余地的“终极真理”（ultimate truth）。他们实验主义者是走一步算一步的，不立什么“终极真理”。

苏格拉底的再传弟子——柏拉图的弟子亚里士多德（公元前384—前322），批评他的师祖和老师的推理杂乱无章，他搞了一个“三段论法”。所谓“三段”，指的就是大前提、小前提和结论。这可以称为“演绎推理法”（deductive method）。这方法的核心是“证明真理”，而不是“寻求真理”。后来它为中世纪的耶稣教神学所利用。这种神学已经有“终极真理”和“最后之因”，只需要证明，而不需要探求，这与亚里士多德的三段论法一拍即合，所以就大行其道了。

胡适经常讲他的方法是“归纳法”，就是针对这种演绎法而发的。

既然讲到了方法，我现在就来谈一谈胡适的“实证思维术”。胡适说：

> 我治中国思想与中国历史的各种著作，都是围绕着“方法”这一观念打转的。“方法”实在主宰了我四十多年来所有的著述。从基本上说，我这一点实在得益于杜威的影响。（上引书，页94）

这是“夫子自道”，由此可见他毕生重视方法，在思想方面和治学方面的方法，而这方法的来源则是杜威的影响。

根据胡适的论述，杜威认为人类和个人思想的过程都要通过四个阶段：

> 第一阶段，固定信念阶段。
>
> 第二阶段，破坏和否定主观思想的阶段。这第二个阶段杜威称之为讨论阶段。
>
> 第三阶段，是从苏格拉底法则向亚里士多德的逻辑之间发展的阶段。杜威用溢美之词赞扬苏格拉底，而对亚里士多德的三段论法，则颇有微词。
>
> 第四阶段，也就是最后阶段，是现代的归纳实证和实验逻辑。（上引书，页 93—94）

杜威在另一本举世闻名的著作《思维术》中，认为有系统的思想通常要通过五个阶段：

> 第一阶段，为思想之前奏（antecedent），是一个困惑、疑虑的阶段，导致思想者去认真思考。
>
> 第二阶段，是决定这疑虑和困惑究在何处。

第三阶段，为解决这些困惑和疑虑，思想者自己会去寻找一个解决问题的假设，或面临一些现成的假设的解决方法，任凭选择。

第四阶段，思想者只有在这些假设中，选择其一作为对他的困惑和疑虑的可能解决的办法。

第五阶段，也是最后阶段。思想者要求证，他把大胆选择的假设，小心地证明出来，哪个是对他的疑虑和困惑最满意的解决。（上引书，页 96）

我想，大家一看就能够知道，胡适有名的“大胆的假设，小心的求证”，来源就在这里，是他从杜威那里学来而加以简化和明确化了的。

根据我个人肤浅的分析，在对外方面，在对西方的反应方面，胡适这个思想的来源还不仅限于杜威，一定还有尼采的影响在，他那“重新评估一切价值”的名言，影响了整个世界。在对内方面，胡适也受到了影响，最突出的是宋代哲学家张载。张载说：“在可疑而不疑者，不曾学；学则须疑。”(《经学理窟·学大原下》) 他又说：“无征而言，取不信。启诈妄之道也。杞宋不足征吾言，则不言；周足征，则从之。故无征不信，君子不言。”(《正蒙·有德篇》)（以上引文都见上引书，页 20。参看同书，页 12，胡适自

己的说法）

多少年来，我就认为："大胆的假设，小心的求证"，这十个字是胡适对思想和治学方法最大最重要的贡献。胡适自己在《胡适口述自传》中"青年期逐渐领悟的治学方法"这一节里说：

> 我的治学方法似乎是经过长期琢磨，逐渐发展起来。……我十几岁的时候，便已有好怀疑的倾向，尤其是关于宗教方面。

下面他讲到"汉学"，又说：

> 近三百年来学术方法上所通行的批判研究实自北宋开始，中国考古学兴起的时候。古代的文物逐渐发展成历史工具来校勘旧典籍，这便是批判的治学方法的起源。"考据学"或"考证学"于焉产生。

胡适在十九岁前读中国经书，发现了汉、宋注疏之不同，企图自己来写点批判性的文章。这种以批判法则治学的方法，胡适名之为"归纳法"。（上引书，页 118—119）

在这同一节中，胡适又说：

我举出了这些例子，也就是说明我要指出我从何处学得了这些治学方法，实在是很不容易的。我想比较妥当的方法，是我从考据学方面着手逐渐地学会了校勘学和训诂学。由于长期钻研中国古代典籍，而逐渐的（应作“地”——羡林）学会了这种治学方法。所以我要总结我的经验的话，我最早的资本或者就是由于我有怀疑的能力。（上引书，页 125）

最了解自己的老师的胡适的学生唐德刚说，胡适的治学方法只是集中西“传统”方法之大成，他始终没有跳出中国的“乾嘉学派”和西洋中古僧侣所搞的“圣经学”（Biblical Scholarship）的窠臼。（上引书，页 133）唐又本着“吾爱吾师，吾尤爱真理”的精神说，胡适“不成一套！”（上引书，页 111）

唐德刚先生的话不无道理，胡适的“治学方法”确实是中西合璧的。但是，我认为，决不能就因此贬低了胡适的“大胆的假设，小心的求证”。我上面已经提到，这是胡适最大的贡献之一。无论是人文社会科学家，还是自然科学家，真想做学问，都离不开这十个字。在这里，关键是“大胆”和“小心”。研究任何一个问题，必先有假设，否则就是抄袭旧论，拾人牙慧。这样学问永远不会有进步。要想创新，必有假设，而假设则是越大胆越好。在神学统治的重压下，哥白尼敢于假设地球围着太阳转，胆子可真够大的了。但是，大胆究竟能够或者应该大到什么程度，界限很难确定，只好说“存乎一心”了。有了假设，只是解决问题第一步。这种假设往往是出于怀疑，很多古圣先贤都提倡怀疑，但是怀疑了，假设了，千万不要掉以轻心，认为轻而易举就能得到结论，必须求证，而求证则是越小心越好。世界上，万事万物都异常复杂，千万不要看到一些表面就信以为真，一定要由表及里，多方探索，慎思明辨，期望真正能搔到痒处。到了证据确凿，无懈可击，然后才下结论。有的学者甚至认为，孤证难信。这做起来比较难。如果真正只有一个孤证，你难道就此罢手吗?

胡适毕生从事考据之学，迷信考据之学。他在《齐白石传》中说过几句话：白石先生用“瞒天过海”的迷信方法，来隐瞒自己的年龄，却瞒不过考据学。可见他对考据学信仰之虔诚。我再重复说一句：十字诀是胡适重大贡献之一，对青年学者有深远的影响。

作为政治家和社会活动家的胡适

刚写上了“政治家”这个词儿，我就想改为“政治活动家”，或者由我杜撰的“政治热心家”或“政治欣赏家”。因为我始终认为，胡适不是一位“政治家”。在胡适所处的时代和地区，同中国历史上一样，一个不“厚”不“黑”的人，是不能成为“政治家”，享受高官厚禄的，而胡适所缺乏的正是这两个要害之点，他仅仅是热衷政治的书生或者“书呆子”。在这一方面，胡适是缺乏自知之明的。

胡适毕生喜欢政治。他以一个不到二十岁的中国青年，一到美国，立即迷上了美国的政治。他大概认为，政治的最高目标就是“民主”，而美国政治正体现了这个最高目标。其实，美国的“民主”究竟是怎么一回事，明眼人都能看得清楚。可是适之先生竟一叶障目，偏偏视而不见。根据他的《胡适口述自传》，他初到美国时，对美国的政治情况并不清楚。但是，当他听了一位讲美国政治的老师的课以后，立即兴趣大增。他最初本来是学农的，但兴趣全不在农上。美国的总统选举实与一个想学农的中国青年风马牛不相及，可是他也积极参加美国人的会议，并佩戴支持什么候选人的襟章。罗斯福被刺之后，群众集会，表示同情，并为罗斯福祈祷，好多教授也参加了。他说：

> 令我惊奇的却是此次大会的主席，竟是本校史密斯大楼（Goldwin Smith Hall）的管楼工人。这座楼是

康大各系和艺术学院的办公中心。这种由一位工友所主持的大会的民主精神，实在令我神往之至。(上引书，页33)

他以后还参加了很多政治性的会。他说：

> 我可以说，由这些集会引起我的兴趣也一直影响了我以后一生的生活。(上引书，页34)

在“我对美国政治的兴趣”这一节最后一段话中，他“夫子自道”地说：

> 我对美国政治的兴趣和我对美国政治的研究，以及我学生时代所目睹的两次美国大选，对我后来对中国政治和政府的关心，都有着决定性的影响。其后在我一生之中，除了一任四年的战时中国驻美大使之外，我甚少参与实际政治。但是在我成年以后的生命里，我对政治始终采取了我自己所说的不感兴趣的兴趣(disinterested interest)，我认为这种兴趣是一个知识分子对社会应有的责任。(上引书，页36)

这些都是真话，胡适确实是毕生对政治感兴趣，他自己所说的“不感兴趣”，我却只能画一个问号。我现在讲一件我亲眼目睹的事实。在解放前夕，蒋介石出于政治需要，在南京导演了一幕选举“国大代表”和选举总统的喜剧。不知是出于什么用心，忽然传出了一阵流言说，蒋介石要让胡适当总统。对于这个流言，我们几个对政治最无经验，最不感兴趣的在适之先生身边工作的人，都觉得好笑，这是蒋介石的一种政治手法。蒋介石是什么人，他焉能把即使只是傀儡性的“总统”让别人干呢？然而，根据我们的观察，胡适却真信以为真。当年他虽是北大校长，但是在南京的时间却比在北平的时间长。后来，总统选出来了，当然是蒋介石，然而胡先生却至死未悟。他在美国还有时对唐德刚说，是 CC 派反对他当总统。有时候又忽然说，CC 派赞成他当总统。他让蒋介石玩于股掌之上而一点感觉都没有。我称他是“书呆子”，难道还算是过分吗？

至于胡适对国共两党的态度，那是众所周知的，他不赞成共产主义。但是，据他自己说，他没有写过一篇批判共产主义的文章。这可能是真的。但是，表示不满的地方却是多而又多的。对于国民党，他虽然当过国民党政府的驻美大使，也算是大官了，平常也与国民党政府和许多政府要人打交道，竞选国民党政府的“国大代表”，但是也并没有卖身依附，唯命是听，他还经常闹点独立性，写文章提倡“好政府主义”，又说什么，知难行亦不易，是针对“国父”的。因此，国共两方都不喜欢他。大陆上从五十年代起对他批判之激烈，之普遍，延续时间之长，是大家都知道的。个中原因究竟何在呢？我读过许多批判胡适的文章，台湾方面的文章由于两岸隔绝，我没有读到过。大陆方面的文章，在当年那种极左思潮影响下，满篇僵硬庸俗的教条，有的竟流于谩骂、污蔑，殊不足以服人。我没有读到一篇真正能搔到痒处的文章。我现在斗胆提出一个个人的解释，请大家指正。我觉得，胡适之所以这样做，其根源全在他的哲学思想中。我在上面已经讲过，胡适追随他的老师杜威之后，相信“苏格拉底法则”，而反对亚里士多德的“三段论法”。前者是归纳的，不立什么“终极真理”；后者是演绎法，先立一个“终极真理”，然后加以证明。胡适认为，国共两党都先立一个“终极真理”，只要求或者只允许人们了解和信奉。这与他的哲学思想直接矛盾，所以他才加以反对。

总之，我想说的是，胡适只是一个政治活动和社会活动家，而不是一个政客，说文雅一点就是政治家。在那样的社会，不厚不黑，焉能从政？

作为人，作为“朋友”的胡适

我从小就读胡适的书，从我这一方面来讲，我们算是神交已久。从年龄上来看，我们是相差一个辈分。当他在北大教书最辉煌的时期，我还在读中学，无缘见他，也无缘听他的课。上大学时，我上的是清华大学，所以始终没有一面之缘。我在德国呆了十年之后，由于我的恩师陈寅恪先生的推荐，当时北大校长正是胡适，代理校长是傅斯年，文学院长是汤用彤，他们接受了我，我才能到北大来任教。作为全国最高学府的北大，门槛是非常高的，学生进北大不容易，教师就更难。而我一进北大，只当了一两个星期的副教授——这是北大的规定，拿到外国学位的回国留学生只能担任副教授，为期数年——立即被提为正教授兼东方语言文学系主任。当时我只有三十几岁。因此，我毕生感激他们几位先生对我有知遇之恩。

我同适之先生共同工作了才短短三年。在这段时间内，他还经常飞往南京，在北平的时间不算太多。但是，做的事情却真还不少。我是系主任，经常要向他这位校长请示汇报工作。我们又同是北大教授会或校委会（准确的名称我记不大清楚了）的成员，同是北大文科研究所（有点像现在的文科研究生院，理科好像是没有）的导师，同是北京图书馆的评议会的成员。最后这一个职位一直到今天对我还是一个谜。评议会成员只有六七位，都是北平学术界的显赫人物。为什么独独聘我这个名不见经传的毛头小伙子担任评议员？我是既喜，又愧，又迷惑不解。

适之先生对印度研究，很重视，很感兴趣。他对汉译佛经相当熟悉，他大概读过不少。尼赫鲁派来一位访问教授师觉月博士，他委托我照顾。印度政府又派来十几位研究生，他也委托我照顾他们。他安排师觉月做学术报告，亲自主持会议，用英文发表欢迎词。他曾多次会见师觉月和印度留学生，都要我参加。我写了一篇论文：《列子与佛典》，送给他看。他写了几句话说："《生经》一证，确凿之至。"这表示他完全同意我那篇论文的结论。

适之先生待人亲切、和蔼，什么时候见他，都是满面笑容，从来不摆教授架子，不摆名人架子，不摆校长架子，而且对什么人都是这样，对教授是这样，对职员是这样，对学生是这样，对工友也是这样。我从来没有看到他疾言厉色，发脾气。同他在一起，不会有任何一点局促不安之感。他还不缺乏幽默感。有一次，在教授会上，杨振声教授新得到了一张异常名贵的古画，愿意与同仁们分享快乐，于是把画带到了会上，大家都啧啧称赞。这时胡先生把画拿起来，做装入自己口袋里之状，引得大家哄堂大笑。

适之先生对学生是非常爱护的。“沈崇事件”发生以后，北京大学和北平其他大学的学生们，怀着满腔爱国热情，上街游行抗议。国民党在北平的宪兵三团和其他一些机构，包括特务机构在内，逮捕了不少爱国学生。我第一次看见胡适面有怒容。他乘着他那一辆在北平还极少见的汽车，奔走于国民党驻北平的各大衙门之间，会见当时一些要人，要他们释放被捕的爱国学生。震于胡适的威名，特别是在美国的威名，他们不敢不释放学生。据说现在还能找到胡适当时写给一些国民党军政要员的信。胡适不会不知道，当时的学生运动，如上述的“沈崇事件”，以及反饥饿、反迫害的运动等等背后实有中共地下党的推动力。但是此时他关心的是学生，而不是什么党员。平时我在他那一间相当简陋的校长办公室中也有时碰到学生会的领导人去找他，提出什么请求和意见，这些学生大部分是左派学生，他通通和蔼相待，并无所轩轾。

我在上面曾称胡适为“书呆子”，这绝不是无根据的。有一次，记得是在北京图书馆开评议会。会前，他说他有其他约会，必须提前离开。然而，会开着开着就离了题，忽然谈起了《水经注》。一听《水经注》，胡先生的兴致勃然而起，座位上仿佛有了胶，把他粘住，侃侃而谈，再也不提“走”字，一直到散会为止。他的那个约会早被他忘得无影无踪了。难道这还不算有点“呆”气吗?

我同适之先生总共在一起工作了三年。三年的时间并不算长，但是留给我的印象却不少，上面所列举的不过是其中最主要的、最鲜明的而已。我的总印象是：胡适是一个好“朋友”，胡适是一个好人。

我在上面写了作为学者、作为思想家、作为政治家、作为“朋友”的胡适之。我曾多次引用唐德刚先生的意见。因为，我觉得，唐先生是《胡适口述自传》的笔记者和翻译者，他又博学多能，很有独到的见解。他最了解胡适。但是，他的意见我并不完全赞成，特别是他说“胡适是发展中的学者”，因为他处于发展中国家之中。这种把学术研究与经济发展等量齐观的看法，是值得怀疑的。对于自然科学和技术来说，也许还能讲得通，因为这些学问需要大量的钱，需要实验室，钱越多越好。而对人文社会科学来说，则是另外一码事儿。

唐先生对“发展中的学术”做了解释，他举的例子偏偏是机械技术。他认为，发展中国家只能搞初级机械，如小型水力发电机、沼气灯等等。如果妄想到超发达的国家去采购“精密机器”，不但不适宜，而且会造成浪费和混乱。现代西方搞经济发展的学者们认为，引进科技，要恰如其分，他们把这种科技叫做“恰当科技”(appropriate technology)。唐先生接着说："在一个国家的'学术'发展的程序中，亦复如是。在'发展中学术'这个阶段里，他们所能搞的也就是一种'恰当学术'（appropriate scholarship）。换言之，也就是一种不新不旧，不中不西，土洋并举，风力电力两用的'机械学术'……老实说，胡适之先生搞了一辈子所谓'科学方法的批判的整理国故'，便是那个时代的'恰当学术'；他老人家本身也就是一位了不起的'恰当学人'（appropriate scholar）。既然我们整个的国家，整个的学术界还停滞在'发展中'阶段，胡公受了时代的限制，他也不能单枪匹马，闯入'已发展'阶段了。"（上引书，页271）唐先生又说："胡先生那一套，再向前走一步，就进入社会科学的领域了。"（上引书，页272）这真令我有点糊涂，我不了解唐先生所说的"社会科学"指的是什么。专就我个人比较了解的文艺理论和语言理论而言，西方（美国当然也包括在里面）异说蜂起，日新月异。我再套用赵瓯北的诗说："江山年有才人出，各领风骚数十天。"唐先生所说的"社会科学"，难道就是指这种学问吗？

一部人类文化史证明，经济的发展与学术的昌明，往往并不同步。欧洲的许多文化巨人的出现，往往并不在他们国家经济发展的巅峰时期。这些巨人之所以能成为巨人，依我看，不出三个原因：一是他们个人的天才与勤奋；二是他们国家雄厚的文化积淀；三是靠机遇，这最后一点，英国诗人 Thomas Gray 在他那一首咏乡村墓地的诗中曾有所暗示。我现在提一个大胆而无偏见的看法：不管美国经济还要怎样“超发展”，不管它还能得多少诺贝尔奖金，像欧洲的那些巨人是出不来的，因为美国几乎没有什么文化积淀。真正典型的美国东西，如爵士乐之类，总给人一种肤浅庸俗的感觉。

拿中国文学史来看，真正的伟大作家之出现，多由于他们个人的不幸，比如司马迁遭宫刑，李后主亡国。中国古人说：“诗必穷而后工。”指的就是这种现象。有些伟大作家遭逢乱离之后，才写出了不朽的作品，比如杜甫、李清照等等都是这样。这些文学巨人的出现，绝不是由于经济高度发展，甚至可以说：适得其反，经济遭到破坏的时期反而能出大文学家。

总之，说胡适是一个“发展中的学者”，只因他出于一个“发展中的国家”，唐先生的这种说法和他的解释，我都是不能同意的。

这一篇相当长的序就要结束了。回头再看我在开头时写下的那一个副标题——还胡适以本来面目，觉得自己未免太轻率了，太大胆了，太不自量力了。通过我在上面写的这一些话，就不难看出，胡适是一个非常复杂的人物，是一个充满了矛盾的人物。我有何德何能，能够还胡适以本来面目！我看到的现在已经出版的有十几种论胡适的著作，每一个作者几乎都有自己心目中的胡适的“本来面目”。有一些书，大概由于作者对胡适和胡适的时代缺乏感性认识，我读了后只感到他们颇为“隔膜”。我自己不让他们在我脑海里跑马，我自己来跑，看来跑的结果也并不太美妙。唐德刚先生对适之先生是有充分的感性认识的，但他心目中的胡适的“本来面目”也不能令我完全心服。印度古代寓言中有一个瞎子摸象的故事。看来我们在胡适这一位巨人面前，都成了摸象的瞎子。胡适的“本来面目”还隐在一片云雾中，至少有一部分是这样的。想要拨云雾而见青天，还需要进一步去研究、探索。

但是，有一点我们都是应该肯定的：胡适是个有深远影响的大人物，他是推动中国“文艺复兴”的中流砥柱，尽管崇美，他还是一个爱国者。多少年来泼到他身上的污泥浊水必须清洗掉。我们对人，对事，都要实事求是，这是我们从事学术研究的人的起码的准则。

我现在借安徽教育出版社出版《胡适全集》之机，明确地亮出我的观点。是为序。

1996 年 12 月 24 日写毕

《绍兴百镇图赞》序

绍兴大名垂宇宙。物华天宝，人杰地灵。我心仪其地久矣。可惜我只在五十年代，陪外宾来过一次，而且只停留了半天，参观了鲁迅故居、三味书屋等地。虽然时间短，却给我留下了终生难忘的甜美的回忆。

就我自己的感觉而论，绍兴对我并不陌生。通过鲁迅的作品，我仿佛认识了绍兴的街道，绍兴的人物，阿Q、闰土、祥林嫂、秋瑾的母亲等等，一闭眼，他们就在我眼前，我仿佛能分享他们的快乐与悲哀，与他们同命运，共呼吸。绍兴仿佛就成了我的故乡。

绍兴乃中国有名的报仇雪耻之地，文化昌明之乡，想历数那里的古今豪杰、志士、文人、学者，需要极长的篇幅，这是我目前无论如何也做不到的。但是，我对绍兴之所以特感兴趣者，有我个人的因素在。中国的书圣王羲之是百代书法之楷模，他的书法也是我最喜爱的。他那冠绝古今的《兰亭序》，书写的地方就在绍兴的兰亭。而他的原籍琅琊却是在山东境内，我们算是同乡，相距一千多年的同乡，我对他油然生亲切之感，这是人之常情，无可非议的。这当然让我的心情不自禁地飞向绍兴。

到了近代，被誉为“学术泰斗，人世楷模”的蔡元培先生，又是绍兴人。他曾任北京大学校长十年。中国之所以能有五四运动，与他的鼓励是密切相连的。至于五四运动在中国近现代史上之功绩，毋庸赘述。我这一生大半辈子是在北大度过的，北大之所以能有今天的兴旺发展，又是与蔡先生的努力密切相连的。现在，我每次走过矗立在燕园内的蔡先生的塑像，辄瞻仰徘徊，不忍即去。高山仰止之情油然而生。这种感情鼓舞着我前进，再前进，不向任何困难低头。这当然会让我情不自禁同绍兴联系在一起，我的心又自然飞向绍兴。

把我同绍兴联系在一起的第三个人物是我的恩师董秋芳（冬芬）先生。我在山东省立济南高中，受业于先生门下，时间虽只有一年，然而却影响了我的一生。他教我们国文，我的作文受到了他的鼓励，誉为“全校之冠”。我是一个畸人，虚荣心是颇为强烈的，受到了鼓励，就增添了劲头。从那以后，从事散文的写作，垂六十年，至今已届望九之年，尚未停笔。我研究的专业与散文创作毫无关联；但心里倘有所触动，必然拿起笔来。虽然我从未敢以作家自命，然而在别人眼中，我已俨然成为一个作家。对我自己来说，无非是想抒发感情，一吐为快而已。对别人来说，也许不无启迪作用。所有这一切，我都必须归功于恩师的教导，而我的恩师又碰巧是一个绍兴人。将近七十年来，每一忆及恩师，我的心又会自然而然地飞向绍兴。

如果没有上面这一段因缘，我今天无论如何也不会，也不敢为《绍兴百镇图赞》写序的。有了这一段因缘，虽然绍兴百镇我一个镇也没有到过；但是，从感情上来说，又仿佛镇镇我都到过。唐代绍兴著名的文学家贺知章那几首有名的回乡诗，我每一背诵，辄能触动我的心弦，难道同我在上面谈到的自己的思想和感情活动没有关联吗？

时至今日，星移斗转，时异事迁，我们正在安定团结的环境中努力建设我们的国家。虽然王羲之、蔡元培、鲁迅、董秋芳等先生，以及一切仁人志士俱往矣；然而这些人诞生地的绍兴精神却依然影响着我们。建国首先必须重视文化、教育、科学、技术，在这方面，绍兴古今人物都有一些重要的贡献。此外，更必须有炽热的爱国主义精神。在这方面，明末痛斥奸相马士英的绍兴文人，发言掷地作金石声。近代的秋瑾为国牺牲的精神，直可与岳飞、文天祥等争辉。这是中华民族的骄傲，当然也是绍兴的骄傲。今天的绍兴人一定能继承和发扬这种精神，为祖国的伟大建设工作增砖添瓦，跂予望之矣。

1998 年 4 月 10 日

《彭松书法集》序

书法，可以说是中国独有的艺术。日本自古迄今也是讲究书法的，自唐代起就名家辈出。这显然是受了中国的影响。我在这里讲“受影响”，毫无贬意，日本受了中国的影响，自己也有所创新，有所发展，这是日本书法家最受人称赞之处。在几十年前，中国视古代文化如粪土的时期，我看了日本书法，曾感慨备至，“惊呼热中肠”觉得我们将要“礼失而求诸野”了。幸而在改革开放以来，书法又受到青睐。老中青三代书法家，发奋图强，重振当年雄风。我所担心的尴尬局面未能出现，这是我垂暮之年最感欣慰的乐事之一。幸亏天老爷赐我以长寿，否则真要抱恨终天了。

中国的书法妙处何在呢？我不是美学家，更不是书法美学家，不敢赞一词。古语之：“他山之石，可以攻玉。”现在我想借用别人的眼睛，而且是一个外国人的眼睛，来攻中国书法这一块玉。我在将近七十年前在清华读书时，有一个教德文的德国教授，名叫 Guster Eche，中文名是艾克，字锷风，只能说几句简单的汉语，并不认识汉字。有一次，在上课前，我用粉笔在黑板上“鬼画符”，写了几个汉字，完全是写着玩的，但忘记擦掉。他一走进课堂，不上讲台，两眼直勾勾地瞅着黑板上的那几个字，似乎非常欣赏。下课后，他问是谁写的，我从实招认。他点头微笑，说：“我不认识汉字，但我是美学家。我看汉字像看一幅画，只看结构，只看线条，不管含义。”

他这几句简单的话，给了我很大的启发，我从来不是什么书法家，我那黑板字写得也不见得好。但是，艾老师却以一个外国美学家的目光，从字的结构和线条上看出了美。我甚至觉得，不认识汉字的外国美学家，他们看到汉字，不像我们中国人（文盲除外）这样，看到一幅名人的书法，首先意识到的是字或词组的含义，然后才去审美。我觉得，这种审美实际上是掺上了杂质，不能立即得到美的真诠，这会影响到美感享受的。有人或许认为这是怪论，我则深信不疑。

总之，书法同绘画一样，是一种视觉艺术。绘画的作用，在于重现自然，无论是山水、人物，还是花、鸟、虫、鱼，重现时都必然沾染上一些个人感情成分。所以，虽同是一类画家，然而画风各异，绝不像照相那样，照出来的都大同小异。书法不在重现自然，而在抒发胸中一股浩然之气，这种气人与人殊，因此王羲之绝不同于魏碑，颜真卿绝不同于怀素，苏轼绝不同于黄庭坚，董其昌大类赵孟頫，清代馆阁体则表现一种富贵气象，像郑板桥那种字体绝进不了翰林院，只能到扬州去当“八怪”之一。如果像颜真卿那样的刚烈人物而书法却如赵子昂，这简直是匪夷所思。古人常说：文如其人；我则说：字如其人。这一点恐怕是非信不行的。至于蔡京、严嵩等人，虽亦为书法家，其气并不“浩然”，这应另当别论。

谈到彭松的书法，应当先谈彭松其人。他幼年丧母，虽有同父异母兄姐照顾，但是哪能代替了母爱呢？父亲常年在外奔波谋生，彭松幼年心情之凄凉，概可想见。我六岁离开母亲，冲龄失去母爱的情景，我完全能体会，凄清、悲哀、孤独、无助，但又因年龄过小，有苦说不出。至今已届望九之年，每次想到我那可怜的母亲，仍然泪流满面。将近八十年前，我同彭松青梅竹马，住前后院。我长他六岁，在现在看起来是个小数，在孩提时期，却无疑是个大数。惺惺惜惺惺，我有时会下意识地特别钟爱他。至今回想起来，依然暖在心头。

这话扯得太远了，本来没想说这些话的，写到这里，情不由己，顺便流了出来，也许是无伤大雅吧。再回头说彭松。幼年他家庭极端贫困，完全靠自己的努力受到了正规的高等教育。但是他在九个堂兄弟姊妹中，禀赋最高。他父亲一生沉浮下僚，却有绘画和书法的天才。他的艺术生理基因遗传给了彭松。彭松一生所走过的道路，曲折坎坷，每一步都出人意料；但是，他能书善画，对我来说，却是既出意料，又在意内。他有此禀赋，不管走多少弯路，最终还总会走到这条道上来，这是完全可以理解的。

我在上面已经说过，我既非书法家，也非美学家，不过平生看的书法绘画，为数颇多。古今中外，都有所涉猎。积之既久，自谓颇养成了一点鉴赏能力，能辨美丑，分善劣。看了彭松的书法，浑厚凝重，而又气韵生动，笔酣墨饱时，仿佛能力透纸背，震撼人心。我这个外行人，只能说这样几句外行话。我现在引用一位真正内行名家的意见，这就是著名书画家黄苗子先生，他对彭松的书法给了极高的评价，这当然是绝对可靠的了。

彭松淡泊名利，从不以书法招摇。现在要出这样一本书法集，索序于我。我认为这是当仁不让的事，所以不避谫陋，写了这一篇序。

1999年2月19日

《20世纪中外文学交流史》序*

近若干年以来，我逐渐形成了一个颇为自信的观点：文化交流是推动人类社会前进的重要动力之一。我们简直无法想象，如果没有历史上的文化交流，我们今天的社会会是一个什么样子。

文化交流的范围极为广博，天文地理，医卜星象，科学技术，哲学思想，伦理道德，宗教信仰，以及人类社会的方方面面，旮旮旯旯，下至草木虫鱼，花果菜蔬，无一不在交流范围以内。但是，据我个人的观察和思考，在众多的交流对象中，文学交流历时最久，领域最广，影响最大，追踪最易。文学交流中包含民间文学，比如寓言、童话、小故事等，都是民间老百姓创造出来的。民间文学，

* 本文略有删节。

同其他文化交流对象一样，最少保守性，最少保密性，一旦被创造出来，便立即向外传播，不分天南和海北，不分民族和国家，无远弗届。这样的例子比比皆是，举不胜举，我只举一个以概其余。十九世纪德国比较文学史大家T. 本费埃（Benfey）追踪印度著名的寓言童话集《五卷书》，写成了一部巨著，描述了《五卷书》在大半个世界流传演变的情况，其国家之众多，语言之繁杂，头绪之交叉，线索之迷离，真令人惊诧不已，谁也不会想到一部简单的寓言童话集竟会有这样大的生命力，竟会有这样的迷人感人的力量。像《五卷书》这样的事例，研究中外文学交流的，特别是中外民间文学交流的专家们都知道得很多很多。在中外文学交流中，民间文学的交流实居首位。《五卷书》确实没有以整本书的形式传入中国，但是其中的一些寓言、童话和小故事，确亦传入中国，在中国民间故事以及文人的创作中，在极其悠久的历史上，蛛丝马迹，确能寻出。

回溯一下两千多年的中外文学交流的历史，我们能够发现，在先秦时期已有外国文学传入的痕迹，主要是印度文学。例如，“狐假虎威”的故事见于《战国策》。还有一些其他的故事，看上去都不像是中国土产。这一点西方的汉学家早就指出过。可能受外国影响的最突出的例子是

《楚辞》,《离骚》已有一些域外的色彩和词句,《天问》中特别突出，其中一些类似荒诞的神话，与以《诗经》为代表的黄河流域的文学创作，迥异其趣。有人怀疑是来自域外，特别是印度，这种怀疑是极有根据的。估计这些神话传说不是通过当时还没有开辟的丝绸之路传进来的，而是通过那一条滇缅道路，这一条道艰险难行，却确实是存在的。

到了汉代，由于丝绸之路的凿通，中外文化交流达到了第一个高峰。中国对于输出文化，其中包括科学技术的发明创造，从来是不吝惜的。我们大度地把我们的四大发明送了出去，这些发明对促进人类文化的发展以及人类社会的进步，都起了决定性的作用。同时，我们对吸取外来文化也决不保守，只要对我们有用的东西，不管来自何方何国，我们都勇敢地拿过来为我所用。肇自汉代的丝绸之路就是一个彰明昭著的证据。但是，在文学交流方面，却找不出很多的东西。我个人认为，不是没有，而是我们的探讨研究工作还没有到家。印度佛教于汉代传入中国，是文化交流史上的一件大事。后汉三国时代的译经，可以算是文学交流的一种形式。

南北朝时期，中原板荡，众多的民族逐鹿于北疆，宋、齐、梁、陈偏安于南国；然而文化交流却并没有停止。在文学交流方面，主要是输入，输入又主要来自印度。在印度的，多半是随着佛教进来的影响，中国汉语文学创作增添了很多新内容，名目庞杂的鬼神志怪之书大量出现。此事鲁迅在《中国小说史略》中论之颇详。连伪书《列子》中都有印度的故事，至于对诗歌创作至关重要的四声，本是中国汉语中所固有的东西，可是，我们以前对它并没有明确的认识。也由于印度古典文献的启迪，终于被发现了，被我们清晰地意识到了，这在中外文学交流史上也不能算是一件无关重要的小事。

唐代又是中国历史上一个非常辉煌的朝代，兵力遍及西域，从而保证了丝路的畅通。首都长安几乎成为世界经济和文化的中心，从向达的《唐代长安与西域文明》中可以看出当时中外文化交流之兴旺频繁。在文学交流方面，也同样可以看出非常活跃的情况。唐代传奇颇受印度文学的影响。王度的《古镜记》从内容到结构形式，都能够找到印度文学的痕迹。至于那些龙女的故事，当然都与印度文学有关，因为龙女本身就是一种舶来品。对此，霍世休作过比较深入的探讨。也有人主张，连韩愈的《南山》，在结构方面，都受到了一些印度的影响。在其他方面，外来的成分也可以找到一些，这里就不再一一列举了。

唐代以后，经过宋、元、明，中外文学交流一直没有断过，不过不像六朝和唐代那样显著而已。明末清初，是中外交流的一个空前转折时期。过去的交流，东部以日本为主，西部以印度、波斯为主。到了此时，欧风东渐，中国的文化交流主要以欧洲为对象了。天主教取代了佛教的地位，澳门成了主要的交流通道。交流对象以天文历算、科学技术为主，其间也杂有文学艺术。有人考证，古希腊的《伊索寓言》已于此时传入中国。绘画方面，有郎世宁的作品，技巧是西方的，有时也流露出一点华夏画风。到了十九世纪，中西双方相互摸索的时间已经够长了，双方的相互了解已经大为增强了。中国方面少数有识之士，比如林则徐、魏源等等，冲破了闭关锁国的桎梏，张开眼睛看世界，喜见西方世界之昌盛，深感夜郎自大之可笑，遂锐意介绍，积多半之努力而纂成的魏源的《海国图志》可以作为一个代表。此书在日本产生了良好的影响。据说，此书对1868年的明治维新也不无贡献。在中国方面，十九世纪末的洋务运动表现出中国一部分开明人士向西方寻求救世良药的努力。这个运动最初效果并不十分显著，但它是顺应时代潮流的，是无法抗御的，它自然会持续发展下去，一直到了二十世纪。

二十世纪是公元第二个千纪的最后一个世纪。在这一百年里，人类社会的进步速度超过了过去的几千年，好像物理学上物体下坠的定理一样，速度越来越快。就拿二十世纪之初和世纪末相比，其速度也是极为悬殊的。现在的地球已经小成了一个“地球村”，虽相距千里万里也能朝发夕至。因此，文化交流，其中当然包括文学交流，越来越方便，越来越频繁，效果也越来越显著。在李岫教授等写作的这一部《20世纪中外文学交流史》中，对文学交流的方方面面都做了细致深刻的叙述和分析，这实在是一件功德无量的事，值得我们大大地予以赞扬。

文学交流的意义何在呢？我个人认为，物质方面的文化交流能提高世界人民的生活水平。而文学交流则属于精神方面的文化交流，它能提高世界人民的精神境界，能促进世界文学创作的繁荣，更重要的是能促进世界上不同民族的相互了解，增强他们之间的友谊和感情，而最后这一点是极其重要的。世界人民，不管肤色多么不同，语言风习多么歧异，但是，他们却有一个共同的愿望：他们要和平，不要战争；他们要安定，不要祸乱；他们要正义，不要邪恶。二十世纪在这方面做出了很坏的榜样，一百年内，狼烟四起，战乱不断，两次世界大战震古烁今。有的大国，手握原子弹和指挥棒，以世界警察自命。这些邪恶现象引起了全世界的公愤。转瞬二十一世纪即将来临，这邪恶现象必将会继续下去。遏止之方不是没有，但是最重要的还要依靠人民的力量。文学交流是沟通人们的心灵和加强团结斗争的重要渠道。

1999 年 12 月 8 日

《中国飞天艺术》序

在我将近九十年的一生中，三四十年代，正当我二三十岁的时候，我在德国度过了十年，从事梵文、巴利文、吐火罗文佛学典籍的研究工作，涉猎颇广。但是，对于佛教美术，我却没有过多的注意。虽然我的导师 Prof. Dr. Waldschmidt 一方面是一个研究中国新疆出土的佛教典籍的大师，另一方面又是佛教美术的专家，我却只继承了前者的衣钵，对于后者，我只是偶尔欣赏一下而已。

现在，安徽美术出版社画册编辑室主任、油画家傅强先生来到寒舍，要我给他们即将编辑出版的《中国飞天艺术》写一篇序。我在这方面是外行，我多少还有点自知之明，我立即一口回绝，并介绍一位佛教艺术史名家来承担写序的任务。但是傅先生却不同意，并拿出了赵朴初老先生亲笔题写的书名给我看。我马上掂出了这一本书的分量。看来我只有随喜的义务，而没有推卸的余地了。

常识告诉我，一个外行要想向内行方向靠拢，只有一条路可走，就是读书学习。于是我就拿过来傅强先生带给我的一篇文章，郑汝中和台建群两位先生写的《飞天纵横》，仔细阅读起来。这是一篇相当长的文章，把飞天这个艺术形象分析得细致入微，头头是道，从欧洲到印度，从印度到中国，追流溯源，相互对比，真正做到了信而有征。飞天艺术在中国境内的分布情况，叙述得更加详尽。孔子曰："三人行必有我师焉。"在这方面，他们两位都是我的老师。在这里，我不想得到什么出蓝之誉，因此我对飞天问题本身就不再侈谈什么了。

我眼前集中精力来考虑一个问题：为什么飞天这个艺术形象独独在中国这样流布极广，这样受到人民的喜爱？走在地上的人类大概都想像鸟一样到天空中去逛上一逛，这是自古以来世界上各民族的共同愿望或者幻想。上天的方式东西颇有点不同。西方人比较机械，比较呆板。他们大概认为，没有翅膀是上不了天的，所以给会飞的爱神丘比特装上了翅膀。东方人则认为，没有翅膀也一样能上天。佛经中有 ākāśe’ ntarikṣe carati（飞腾虚空翱翔）这样的说法，至于怎样飞腾，并没有说明，反正是没有长上翅膀。

到了中国，这种情况就更多了，最著名的一个例子是嫦娥奔月的故事，简直是家喻户晓，无人不知。嫦娥是怎样“奔”的？在中国关于这个题材的诗歌和绘画上，从来没有见到嫦娥身上有翅膀。梅兰芳博士的名剧《嫦娥奔月》，更不见梅博士身上装上翅膀，见到的不过是绸带飞舞，给人以飞翔活动之感而已。从上面说的例子来看，东方人比欧洲人更加潇洒、灵动，不那么机械、呆板。

中国古代的一些文人学士侈谈成仙升天之论，一些在民间最流行的长篇神话小说，比如《封神榜》《西游记》之类，更是满篇神仙。这些神仙来往天空，行动自如。他们身上当然没有翅膀，他们是靠什么在天空中行走呢？中国古人大概认为，要走路，必须站在坚硬的土地上，天空中没有土地；但是，从下面看上去，云彩似乎是固体的东西，在天空中，要站的话，只能站在云彩上，于是就出现了“驾云”“腾云驾雾”一类的词儿，神仙与云彩就无法分开了。在《封神榜》《西游记》一类书中，神仙们往往驾祥云在空中行走了。

中国古代还有追求长生不老的想法，特别是中国历史上几位雄才大略的大皇帝都有这一种癖好，秦始皇、汉武帝和唐太宗都有。秦始皇采用的方法大概是阴阳采补。汉武帝是饮仙露，“承露金盘霄汉间”（盘字应写作茎。——

编者注），指的就是这件事。唐太宗则是服长生不老之药，多半是什么矿物。结果都没有成功，都“龙驭上宾”了。这些皇帝可能只是想修炼长生不老之身，留在大地上永远当皇帝，并不想升天。天上哪里会有“后宫佳丽三千人”呢？把阿房宫搬上天去，覆压三百余里，天宫里哪里有这么大的地方呢？老百姓幻想成仙，鸡犬随之升天，天上房价不知每平方米值多少钱，但是容纳一家人和几只鸡犬，总归是有法可想的。

把上面讲的归纳起来，我们可以说，中国古代有一些人有在天空中翱翔的愿望，腾云驾雾毕竟还是一种比较笨拙的办法。正在此时，从印度传入了飞天的艺术，用不着脚踏任何土地而又能飞行自如，多么美妙，多么惬意啊！于是，飞天这种艺术便在中国南北各大洞窟寺庙中流行起来，青出于蓝而胜于蓝，远非印度可比了。

傅强先生这一部研究中国飞天艺术的书出得也正是时候。它一方面有较高的学术价值，能给研究中国美术史以及中印文化交流史的中外学者提供搜罗详备，切实可靠的资料。另一方面又能满足并非学者的中国普通老百姓的审美的需求和愿望。真可谓一举两得，功德无量矣。是为序。

2000 年 1 月 20 日

《长歌当啸》序

我对毓方散文的欣赏与理解，有一个比较长期的过程。1996年我给他的散文集《岁月游虹》写序时，说句老实话，我还并没有读过很多他的文章，仅仅根据一点肤浅的印象，我就放言高论。现在自己读起来，都有点觉得脸上发烧。我感到有点，有点“那个”。“那个”者，“有说不出来的滋味”之谓也。我现在有了说不出来的滋味。为什么呢？说是“惭愧”，有点过了头。不过头的词儿又一时想不出，于是就随顺流俗“那个”之了。

这话不明不白，要说明白，必须从大处远处说起。

根据我个人的归纳，对于散文的创作，大体上有两种态度。一种认为，散文重点在一个“散”字上，愿意怎样写，就怎样写；愿意怎样起头，就怎样起头；愿意怎样煞尾，就怎样煞尾：无拘无束，松松散散，信笔由之，潇洒自如，天马行空，所向无前。要引经据典，中外都有。外国最著名的例子，我想举法国的蒙田，蒙田的随笔享誉世界，垂数百年，至今不衰。他的随笔就属于松散一类，整篇不讲求结构，叙述也看不出什么层次，一点匠心也看不出来；在词藻修辞方面也看不出什么独特的风采。因此，我常常想，与其说蒙田是一个文学家，毋宁说他是一个思想家或哲学家，他的思想确有非常深刻之处，为他人所不可及者。在中国也能找出一些类似的例子。中国一些大散文家有时也写一些轻松的文章，信手拈来，涉笔成趣，比如苏东坡的《记承天寺夜游》之类。其他大家也间或有这样的作品。

这一类的散文作品，这一类的散文作家，我无以名之，暂时名之为松散派。

与松散派相对立的一派主张，写散文同写别的文章体裁一样，也要经过充分构思，精心安排，对全篇结构布局，要仔细考虑，要有逻辑性，有层次；对遣词造句，也要认真推敲，不能苟且下笔。我自己是属于这一派的。我的意见具见拙作《漫谈散文》(见《人民文学》，1998 年第 8 期)中，这里不再重复。杜甫在《丹青引赠曹将军霸》中有两句诗：“诏谓将军拂绢素，意匠惨淡经营中。”这里指的是绘画，后来把意思扩大了，泛指所有匠心独运，认真考虑的情况。我在这里借用来指散文的创作，我杜撰了一个名词：“经营派”。

汉语是中国语言的一种，在世界众语言中独具特色。特色颇多，我不能一一列举。我现在只举一种，这就是：汉文讲究炼字炼句。这特点最突出地表现在文学创作中，特别是诗词创作中，这一点我在《漫谈散文》中已有所涉及。现在再补充一点。王国维在《人间词话》中说：“境非独谓景物也，喜怒哀乐亦人心中之一境界。故能写真景物真感情者，谓之有境界，否则谓之无境界。——‘红杏枝头春意闹’，着一‘闹’字而境界全出。‘云破月来花弄影’，着一‘弄’字而境界全出矣。”一般说来，“闹”字、“弄”字都属于炼字的范畴，然而王国维却把它们提高到境界的高度。大家都知道，境界论是王国维美学思想的支柱和基础，前无古人，而他竟把炼字与境界论结合起来，可见炼字在他心目中，重要到什么程度了。

炼字炼句是中国写诗歌写散文时“惨淡经营”的一种方式，但是“惨淡经营”的范围还大得很，不限于这一种方式。在西方，写诗歌也绝不是不讲究炼字炼句；但是由于语言的不同，不像汉文这样全力以赴。汉语的词类有时候不那么固定，这也是对炼字的一种方便之门。

能做到“惨淡经营”，散文是否就一定能写得好呢？并不见得。一般说起来，只能有两种结果：一成功，一失败。在成功的方面，情况也极为复杂。先举一个诗人的例子。杜甫有一句很有名的诗：“语不惊人死不休。”可见他作诗惨淡经营之艰苦，结果他成了中国的“诗圣”，大名垂宇宙了。谈到散文（广义的）创作，从六朝的骈体文开始，作者没有不是惨淡经营的。到了唐代，韩愈文起八代之衰，柳宗元与韩愈并称，写文章也没有不是惨淡经营的。宋代的欧阳修、“三苏”，再加上王安石、曾巩，上面说到的八个人是有名的唐宋八大家，风格各异，皆有独到之处，共同的地方是都惨淡经营。到了明代归有光属于正统派、公安派和竟陵派，以及张岱等等属于革新派。共同的地方仍然是惨淡经营。清代的桐城派与八股文似乎有一脉相通之处。这一派的作家句斟字酌，苦心孤诣，其惨淡经营的努力更为突出。以上所谈的都是大家所熟知的事实。

这些惨淡经营派的大家是不是写出来的文章都是美妙绝伦的呢？不是的。这些大家传诵千古的文章多少不等地就那么几篇。原因何在呢？写文章，除了天资或者天才之外，还要勤奋努力，惨淡经营就属于这个范畴。在天才和勤奋之外，还要有灵感。灵感是摸不着看不到的东西，但它确实存在，谁也否定不了。只要有点写文章的经验，就能证明这一点。灵感是无法掌握的，有时它会突然闪现，如电光石火，转瞬即逝。抓住了就能写出好文章。你若硬要它来，却无济于事。据说有的作家能够设法诱发灵感，比如闻一种什么香味之类。英国有一位浪漫诗人，每闻到烂苹果的香味，就能出现灵感。但是效果恐怕也很有限，否则就篇篇文章都成珠玑了。

上面这一大篇话讲的是惨淡经营的成功者。至于失败者却颇不大容易谈。原因也并不复杂。惨淡经营而失败了，则他们的文章必然是佶屈聱牙，甚至文理不通，既缺思想性，又无艺术性，这样的文章怎样能流传下来呢？最突出的例子莫过于八股文。我自己没有写过八股文，没有感性认识。但是从许多书上能够读到，当年八股文作者那种简练揣摩、惨淡经营的艰苦情况。但是为什么文章却写不好呢？那种代圣人立言不许说自己话的桎梏把人捆得紧紧的，多大的天才也写不出好文章来的。

我在上面简略地谈了谈惨淡经营的两个方面的情况：成功与失败，对其中原因也做了一点分析，我谈到了灵感的问题。现在再对成功的一方面做一点补充，就是，写文章的人要多读书，中国旧日称之为“腹笥”，用今天的大白话来说就是肚子里要有“货”。如果腹中没有货，空空如也，即使再努力惨淡经营，也无济于事，反而会露出了马脚，贻笑方家。

上面讲的大多是古代的情况，现在的情况怎样呢？根据我个人的肤浅的观察，在中国现代的散文文坛上，松散派和经营派都是有的，而以松散派为多。我这种分派的想法只能说是我个人的管见，肯定会有人反对的，也许还有人赞成。这一切我都不在意，我个人有这种看法，就直截了当地说了出来，一不商榷，二不争论。争论是不会有什么结果的。

我不是在写中国现代散文批评史，不必面面俱到，关于松散派我就不再谈了。我现在只谈我所崇尚的经营派。今天中国散文文坛上的经营派，同历史上一样，有成功者，有失败者。成功者也不是篇篇文章都能成功，失败之作还是居多数。这种情况不以人的主观愿望为转移。我们这一些舞笔弄墨者都会有这种经验的。历史上许多散文大家，虽然个个著作等身，但是流传下来历代诵读不辍者也不过寥寥几篇。今天的情况也一样。

我不在这里作点将录，但是，为了把问题说明白，我且举一个例子，这个例子就是杨朔。杨朔不是一个多产作家，但是写作态度严肃、认真。极尽惨淡经营之能事，展现精雕细琢之绝活。文章气度不够恢弘，局面较为狭小，然而遣词造句，戮力创新，宛如玲珑剔透的象牙球，令人赞叹。关于杨朔，文坛上争议颇多，有褒之者，有贬之者，两者各走极端。这是古今中外文坛上常见的现象，没有哪一个作者能够获得所有读者的赞扬的，杨朔焉能例外。依我个人的管见，在中国现代文学史上，特别是散文史上，杨朔必须占有一个地位。根据我在上面提到的散文创作成功的两个条件，杨朔的腹笥是否充盈，我不得而知。但是，他是有灵感的，有时表现为细微、精致、美妙绝伦的意象，这在别的作家中是极为罕见的。

有几位作家，我想把他们也归入经营派。从谋篇布局上看不出什么特点，但在遣词造句方面，却明显地看出了努力的痕迹。但是，结果怎样呢？有的词句，大概是他们创新的；不幸事与愿违，我们读起来非常别扭，新不新，旧不旧，读了这样的文章，好像是吃了带沙子的米饭，吃在胃中，愁上眉梢，以后再也不敢问津。归纳其中原因，不出我上面说的两条：腹笥贫瘠，又无灵感。不读中国古代的散文佳作，又不涉猎诗、词、歌、赋。至于西方国家的散文名篇，似乎也从不阅读。因此，文章缺少书卷气，又缺少灵气。这些作家个人感觉可能非常良好，然而读者偏不买账，只有孤芳自赏了。

我在上面啰里啰唆写了一大篇，真好像古书上所说的："博士买驴，书券三纸，未有'驴'字。"现在该画龙点睛了。绕了那么大的弯子，我无非是想说，卞毓方属于惨淡经营派，而且是成功者。一个人对什么事情，对什么人，都不该抱有先入之见，说坦率一点，就是偏见。毓方是十年浩劫期间北大东语系的毕业生，专修日语。因此，我就认定，他对日语是专家，写写文章，不过是业余爱好，英文叫 amateur。我读他的散文集《岁月游虹》时，他已经是一位颇有知名度的作家；但是，我仍然固守我的先入之见，珠玉在前，一叶障目，视而不见。在给他那一本书写序时，生硬地创造了一个新名词儿："广义的散文"。近四五年以来，毓方的散文写得越来越多了，越来越好了，我读的也越来越多了，我顿时感觉到"今是而昨非"，我痛感偏见之可怕，固执之有害。我在本文开头时写到我脸上发烧，心中有点"那个"，其原因就在这里。

说卞毓方的散文属于惨淡经营派，有什么根据吗？有的，而且还不少。我逐渐发现，他对汉字的特点，对汉文炼字炼句的必要与可能，知之甚稔。这种例子，到处可见。就拿《岁月游虹》这一个书名来说，不熟悉汉文特点的人能想得出来吗？再拿他一些文章的篇名来看，许多篇名都透露出明显的惨淡经营的痕迹，比如《醉里挑灯看剑》《红尘菩提》等等。在文章的结构布局方面，他也煞费苦心，这种例子可以举出很多来，读者可以自己去看，我不再举了。在《漫谈散文》中我曾说到过：中国古代的诗歌非常重视起头和结尾，那些散文大家也有同样的情况。这情况只需翻一翻最流行的古文选本，比如《古文观止》之类，便能够一目了然。开头要有气势，横空出世，一下笔就能捉住读者的心，让他们非读下去不行。结尾则讲究言有尽而意无穷，让你读完了，久久不能忘怀。结尾好的文章，鲁迅有不少篇。好多年前读宗璞的《哭小弟》，结尾是："小弟，我不哭。"我想作者是痛哭着写下这一句话的，读者读了，有哪一个不流泪的呢！这种神来之笔是可遇而不可求的，我所说的灵感就是指的这种情况。卞毓方散文中也间有这样的结尾。我只举一个例子。在《北大三老》这一篇散文中，结尾是："有一会儿，我又但愿化作先生窗外的一棵树。"这也是神来之笔，可遇而不可求的。读者稍加体会便能理解。写到这里，我仿佛听到了文坛上的讥笑声："季羡林已经迂腐到了可悲可笑的程度，他在教我们写八股！"我不加辩解，只请求这些人读几篇传世的古文，然后沉思一下，以求得其中三昧。天底下无论做什么事情，不下苦功是一事无成的。

总之，一句话，我过去是俗话所说的，从窗户棂里看人，把卞毓方看扁了。现在我才知道，毓方之所以肯下苦功夫，惨淡经营而又能获得成功的原因是，他腹笥充盈，对中国的诗文阅读极广，又能融会贯通；此外，他还有一个作家所必须具有的灵感。

这就是我对卞毓方散文的管见，希望能够算得上一得之愚。

2000 年 1 月 24 日

《赵元任全集》序

赵元任先生是国际上公认的语言学大师。他是当年清华国学研究院的四大导师之一，另有一位讲师李济先生，后来也被认为是考古学大师。在中国现代教育史上，清华国学研究院是一个十分独特的现象。在全国都按照西方模式办学的情况下，国学研究院却带有浓厚的中国旧式的书院色彩。学生与导师直接打交道，真正做到了因材施教。其结果是，培养出来的学生后来几乎都成了大学教授，而且还都是学有成就的学者，而不是一般的教授。这一个研究院只办了几年，倏然而至，戛然而止，有如一颗火焰万丈的彗星，使人永远怀念。教授阵容之强，前无古人，后无来者。赵元任先生也给研究院增添了光彩。

我虽然也出身清华，但是，予生也晚，没能赶得上国学研究院时期；又因为行当不同，终于缘悭一面，毕生没能见到过元任先生，没有受过他的教诲，只留下了高山仰止之情，至老未泯。

我虽然同元任先生没有见过面，但是对他的情况从我读大学时起就比较感兴趣，比较熟悉。我最早读他的著作是他同于道泉先生合译的《仓央嘉措情歌》。后来，在建国前后，我和于先生在北大共事，我常从他的口中和其他一些朋友的口中听到了许多关于赵先生的情况。他们一致认为，元任先生是一个天生的语言天才。他那审音辨音的能力远远超过常人。他学说各地方言的本领也使闻者惊叹不止。他学什么像什么，连相声大师也望尘莫及。我个人认为，赵先生在从事科学研究方面，还有一个很突出的特点或者优势，是其他语言学家所难以望其项背的，这就是，他是研究数学和物理学出身，这对他以后转向语言学的研究有极明显的有利条件。

赵元任先生一生的学术活动，范围很广，方面很多，一一介绍，为我能力所不逮，这也不是我的任务。这一点将由语言学功底远远超过我们的陈原先生去完成，我现在在这里只想谈一下我对元任先生一生学术活动的一点印象。

大家都会知道，一个学者，特别是已经达到大师级的学者，非常重视自己的科学研究工作，理论越钻越细，越钻越深，而对于一般人能否理解，能否有利，则往往注意不够，换句话说就是：只讲阳春白雪，不顾下里巴人；只讲雕龙，不讲雕虫。能龙虫并雕者大家都知道有一个王力先生——顺便说一句，了一先生是元任先生的弟子——他把自己的一本文集命名为《龙虫并雕集》，可见他的用心之所在。元任先生也是龙虫并雕的。讲理论，他有极高深坚实的理论。讲普及，他对国内，对世界都做出了卓有成效的贡献。在国内，他努力推进国语统一运动。在国外，他教外国人，主要是美国人汉语。两方面都取得了极大的成功。当今之世，中国国际地位日益提高，世界上许多国家学习汉语的势头日益增强，元任先生留给我们的关于学习汉语的著作，以及他的教学方法，将会重放光芒，将会在新形势下取得新的成果，这是可以预卜的。

限于能力，介绍只能到此为止了。

而今，大师往矣，留下我们这一辈后学，我们应当怎样办呢？我想每一个人都会说：学习大师的风范，发扬大师的学术传统。这些话一点也没有错。但是，一谈到如何发扬，恐怕就言人人殊了。我窃不自量力，斗胆提出几点看法，供大家参照。大类井蛙窥天，颇似野狐谈禅。聊备一说而已。

话得说得远一点。语言是思想的外化，谈语言不谈思想是搔不着痒处的。言意之辨一向是中国哲学史上的一个重要命题，其原因就在这里。我现在先离正文声明几句。我从来不是什么哲学家，对哲学我是一无能力，二无兴趣。我的脑袋机械木讷，不像哲学家那样圆融无碍。我还算是有点自知之明的，从来不作哲学思辨。但是，近几年来，我忽然不安分守己起来，竟考虑了一些类似哲学的问题。岂非咄咄怪事。

现在再转入正文，谈我的“哲学”。首先经过多年的思考和观察，我觉得东西文化是不同的，这个不同表现在各个方面，只要稍稍用点脑筋，就不难看出。我认为，东西文化的不同扎根于东西思维模式的不同。西方的思维模式的主要特点是分析，而东方则是综合。我并不是说，西方一点综合也没有，东方一点分析也没有，都是有的，天底下绝没有泾渭绝对分明的事物，起码是常识这样告诉我们的。我只是就其主体而言，西方分析而东方综合而已。这不是“哲学”分析推论的结果，而是有点近乎直观。此论一出，颇引起了一点骚动，赞同和反对者都有，前者寥若晨星，而后者则阵容颇大。我一向不相信真理愈辨（辩）愈明的。这些反对或赞成的意见，对我只等秋风过耳边。我编辑了两大册《东西文化议论集》，把我的文章和反对者以及赞同者的文章都收在里面，不加一点个人意见，让读者自己去明辨吧。

什么叫分析？什么又叫综合呢？我在《东西文化议论集》中有详尽的阐述，我无法在这里重述。简捷了当地说一说，我认为，西方自古希腊起走的就是一条分析的道路，可以三段论法为代表，其结果是：只见树木，不见森林；头痛医头，脚痛医脚。东方的综合，我概括为八个字：整体概念，普遍联系。有点模糊，而我却认为，妙就妙在模糊。上个世纪末，西方兴起的模糊学，极能发人深思。

真是十分出我意料，前不久我竟在西方找到了“同志”。《参考消息》2000 年 8 月 19 日刊登了一篇文章，题目是《东西方人的思维差异》，是从美国《国际先驱论坛报》8 月 10 日刊登的一篇文章翻译过来的，是记者埃丽卡·古德撰写的。文章说：一个多世纪以来，西方哲学家和心理学家将他们对精神生活的探讨建立在一种重要的推断上，人类思想的基本过程是一样的。西方学者曾认为，思考问题的习惯，即人们在认识周围世界时所采取的策略都是一样的。但是，最近密歇根大学的一名社会心理学家进行的研究已在彻底改变人们长期以来对精神所持的这种观点。这位学者名叫理查德·尼斯比特。本文的提要把他的观点归纳如下：

东方人似乎更“全面”地思考问题，更关注背景和关系，更多借助经验，而不是抽象的逻辑，更能容忍反驳意见。西方人更具“分析性”，倾向于使事物本身脱离背景，避开矛盾，更多地依赖逻辑。两种思想习惯各有利弊。

这些话简直好像是从我嘴里说出来似的。这里绝不会有什么抄袭的嫌疑，我的意见好多年前就发表了，美国学者也绝不会读到我的文章。而且结论虽同，得到的方法却大异其趣，我是凭观察，凭思考，凭直观，而美国学者则是凭“分析”，再加上美国式的社会调查方法。

以上就是我的“哲学”的最概括的具体内容。听说一位受过西方哲学训练的真正的哲学家说，季羡林只有结论，却没有分析论证。此言说到了点子上；但是，这位哲学家却根本不可能知道，我最头痛的正是西方哲学家们的那一套自命不凡的分析、分析、再分析的论证方法。

这些都是闲话，且不去管它。总之一句话，我认为，文化和语言的基础或者源头就是思维模式，至于这一套思维模式是怎样产生出来的，我在这里先不讨论，我只说一句话：天生的可能必须首先要排除。专就语言而论，只有西方那一种分析的思维模式才能产生以梵文、古希腊文、拉丁文等为首的具有词类、变格、变位等一系列明显的特征的印欧语系的语言。这种语言容易分析、组合，因而产生了现在的比较语言学，实际上应该称之为印欧语系比较语言学的这一门学问。反之，汉语等和藏缅语系的语言则不容易分析、组合。词类、变格、变位等语法现象，都有点模糊不定。这种语言是以综合的思维模式为源头或基础的，自有它的特异之处和优越之处。过去，某一些西方自命为天之骄子的语言学者努力贬低汉语，说汉语是初级的、低级的、粗糙的语言。现在看来，真不能不使人嗤之以鼻了。

现在，我想转一个方向谈一个离题似远而实近的问题：科学方法问题。我主要根据的是一本书和一篇文章。书是《李政道文录》，浙江文艺出版社，1999年。文章是金吾伦的《李政道、季羡林和物质是否无限可分》，(《书与人》杂志，1999年第五期，页41—46)。

先谈书。李政道先生在本书中一篇文章《水、鱼、鱼市场》写了一节叫做“对21世纪科技发展前景的展望”。为了方便说明问题，引文可能要长一点：

一百年前，英国物理学家汤姆孙(J.Thomson 1856—1940)发现了电子。这极大地影响了20世纪的

物理思想，即大的物质是由小的物质组成的，小的是由更小的组成的，找到最基本的粒子就能知道最大的构造。（下略）

以为知道了基本粒子，就知道了真空，这种观念是不对的。（中略）我觉得，基因组也是这样，一个个地认识了基因，并不意味着解开了生命之谜。生命是宏观的。20 世纪的文明是微观的。我认为，到了 21 世纪，微观和宏观会结合成一体。（页 89）

我在这里只想补充几句：微观的分析不仅仅是二十世纪的特征，而是自古希腊以来西方的特征，二十世纪也许最明显，最突出而已。

我还想从李政道先生书中另一篇文章《科学的发展：从古代的中国到现在》中引几段话：

整个科学的发展与全人类的文化是分不开的。在西方是这样，在中国也是如此。可是科学的发展在西方与中国并不完全一样。在西方，尤其是如果把希腊文化也算作西方文化的话，可以说，近代西方科学的发展和古希腊有更密切的联系。在古希腊时也和现代的想法基本相似，即觉得要了解宇宙的构造，就要追

> 问最后的元素是什么。大的物质是由小的元素构造，小的元素是由更小的粒子构造，所以是从大到小，小到更小。这个观念是从希腊时就有的（atom 就是希腊字），一直到近代。可是中华民族的文化略有不同。我们是从开始时就感觉到，微观的元素与宏观的天体是分不开的，所以中国人从开始就把五行与天体联系起来。（页 171）

李政道先生的书就引用这样多。不难看出，他的一些想法与我的想法颇有能相通之处。他讲的微观与宏观相结合，用我的话来说就是，分析与综合相结合。这一点我过去想得不多，强调得不够。

现在来谈金吾伦先生的文章。金先生立论也与上引李政道先生的那一部书有关。我最感兴趣的是他在文章开头时引的大哲学家怀德海的一段话，我现在转引在这里：

> 19 世纪最大的发明是发明了发明的方法。一种新方法进入人类生活中来了。如果我们要理解我们这个时代，有许多的细节，如铁路、电报、无线电、纺织机、综合染料等等，都可以不必谈，我们的注意力必须集中在方法的本身。这才是震撼古老文明基础的真

正的新鲜事物。（页 41）

金先生说，李政道先生十分重视科学方法，金先生自己也一样。他这篇文章的重点是说明，物质不是永远可分的。他同意李政道的意见，就是说，当前科学的发展不能再用以前那种“无限可分”的方法论，从事“越来越小”的研究路子，而应改变方略，从整体去研究，把宏观和微观联系起来进行研究。

李政道先生和金吾伦先生的文章就引征到这里为止。他们的文章中还有很多极为精彩的意见，读之如入七宝楼台，美不胜收，我无法再征引了。我倒是希望，不管是研究人文社会科学的学者，还是研究自然科学的学者，都来读一下，思考一下，定能使目光远大，胸襟开阔，研究成果必能焕然一新。这一点我是敢肯定的。

我在上面离开了为《赵元任全集》写序的本题，跑开了野马，野马已经跑得够远的了。我从我的“哲学”讲起，讲到东西文化的不同；讲到东西思维模式的差异：东方的特点是综合，也就是“整体概念，普遍联系”，西方的特点是分析；讲到语言和文化的源头或者基础；讲到西方的分析的思维模式产生出分析色彩极浓的印欧语系的语言，东方的综合的思维模式产生出汉语这种难以用西方方法分析的语言；讲到二十世纪是微观分析的世纪，二十一世纪应当是微观与宏观相结合的世纪；讲到科学方法的重要性；等等。所有这一切看上去都似乎与《赵元任全集》风马牛不相及。其实，我一点也没有离题，一点也没有跑野马，所有这些看法都是我全面立论的根据。如果不讲这些看法，则我在下面的立论就成了无根之草，成了无本之木。

我们不是要继承和发扬赵元任先生的治学传统吗？想要做到这一点，不出两途：一是忠实地、完整地、亦步亦趋地跟着先生的足迹走，不敢越雷池一步。从表面上看上去，这似乎是真正忠诚于自己的老师了。其实，结果将会适得其反。古今真正有远见卓识的大师们都不愿意自己的学生这样做。依稀记得一位国画大师（齐白石？）说过一句话："学我者死。""死"，不是生死的"死"，而是僵死，没有前途。这一句话对我们发扬元任先生的学术传统也很有意义。我们不能完全走元任先生走过的道路，不能完全应用元任先生应用过的方法，那样就会"死"。

第二条道路就是根据元任先生的基本精神，另辟蹊径，这样才能"活"。这里我必须多说上几句。首先我要说，既然二十世纪的科学方法是分析的，是微观的。而且这种科学方法绝不是只限于西方。二十世纪是西方文化，其中也包括科学方法等等，垄断了全世界的时代。不管哪个国家的学者都必然要受到这种科学方法的影响，在任何科学领域内使用的都是分析的方法、微观的方法。不管科学家们自己是否已经意识到这一点，反正结果是一样的。我没有能读元任先生的全部著作，但是，根据我个人的推断，即使元任先生是东方语言大师，毕生研究的主要是汉语，他也很难逃脱掉这一个全世纪都流行的分析的思潮。他使用的方法也只能是微观的分析的方法。他那谁也不能否认的辉煌的成绩，是他使用这种方法达到尽善尽美的结果。就是有人想要跟踪他的足迹，使用他的方法，成绩也绝不会超越他。在这个意义上来说，赵元任先生是不可超越的。

我闲时常思考汉语历史发展的问题。我觉得，在过去二三千年中，汉语不断发展演变，这首先是由内因所决定的。外因的影响也决不容忽视。在历史上，汉语受到了两次外来语言的冲击。第一次是始于汉末的佛经翻译。佛经原文是西域一些民族的语言，梵文、巴利文以及梵文俗语，都是印欧语系的语言。这次冲击对中国思想以及文学的影响既深且远，而对汉语本身则影响不甚显著。第二次冲击是从清末民初起直至五四运动的西方文化，其中也包括语言的影响。这次冲击来势凶猛，力量极大，几乎改变了中国社会整个面貌。五四以来流行的白话文中西方影响也颇显著。人们只要细心把《儒林外史》和《红楼梦》等书的白话文拿来和五四以后流行的白话文一对照，就能够看出其间的差异。按照西方标准，后者确实显得更严密了，更合乎逻辑了，也就是更接近西方语言了。然而，在五四运动中和稍后，还有人——这些人是当时最有头脑的人——认为，中国语言还不够“科学”，还有点模糊，而语言模糊又是脑筋糊涂的表现。他们想进行改革，不是改革文字而是改造语言。当年曾流行过“的”“底”“地”三个字，现在只能当做笑话来看了。至于极少数人要废除汉字，汉字似乎成了万恶之本，就更为可笑可叹了。

赵元任先生和我们所面对的汉语，就是这样一种汉语。研究这种汉语，赵先生用的是微观分析的方法。我在上面已经说到，再用这种方法已经过时了，必须另辟蹊径，把微观与宏观结合起来。这话说起来似乎极为容易，然而做起来却真万分困难。目前不但还没有人认真尝试过，连同意我这种看法的人恐怕都不会有很多。也许有人认为我的想法是异想天开，是痴人说梦，是无事生非。“不识庐山真面目，只缘身在此山中”，大家还都处在庐山之中，何能窥见真面目呢?

依我的拙见，大家先不妨做一件工作。将近七十年前，陈寅恪先生提出了一个意见，我先把他的文章抄几段：

若就此义言之，在今日学术界，藏缅语系比较研究之学未发展，真正中国语文文法未成立之前，似无过于对对子之一方法。（中略）今日印欧语系化之文法，即马氏文通“格义”式之文法，既不宜施之于不同语系之中国语文，而与汉语同系之语言比较研究，又在草昧时期，中国语文真正文法，尚未能成立，此其所以甚难也。夫所谓某种语言之文法者，其中一小部分，符于世界语言之公律，除此之外，其大部分皆由研究此种语言之特殊现象，归纳为若干通则，成立一有独立个性之统系学说，定为此特种语言之规律，并非根据某一特种语言之规律，即能推之概括万族，放诸四海而准者也。假使能之，亦已变为普通语言学音韵学，名学，或文法哲学等等，而不复成为某特种语言之文法矣。（中略）迨乎近世，比较语言之学兴，旧日谬误之观念得以革除。因其能取同系语言，如梵语波斯语等，互相比较研究，于是系内各种语言之特性逐渐发见。印欧系语言学，遂有今日之发达。故欲详知确证一种语言之特殊现象及其性质如何，非综合分析，互相比较，以研究之，不能为功。而所与互相比较者，又必须属于同系中大同而小异之语言。盖不如此，则不独不能确定，且常错认其特性之所在，而成一非驴

> 非马，穿凿附会之混沌怪物。因同系之语言，必先假定其同出一源，以演绎递变隔离分化之关系，乃各自成为大同而小异之言语。故分析之，综合之，于纵贯之方面，剖别其源流，于横通之方面，比较其差异。由是言之，从事比较语言之学，必具一历史观念，而具有历史观念者，必不能认贼作父，自乱其宗胤也。
>
> （《与刘叔雅论国文试题书》，见《金明馆丛稿二编》）

引文确实太长了一点，但是有谁认为是不必要的呢？寅恪先生之远见卓识真能令人折服。但是，我个人认为，七十年前的寅恪先生的狮子吼，并没能起到振聋发聩的作用，好像是对着虚空放了一阵空炮，没有人能理解，当然更没有人认真去尝试。整个二十世纪，在分析的微观的科学方法垄断世界学坛的情况下，你纵有孙悟空的神通，也难以跳出如来佛的手心。中外研究汉语语法的学者又焉能例外！他们或多或少地走上了分析微观的道路，这是毫不足奇的。更可怕的是，他们面对的研究对象是与以分析的思维模式为基础的印欧语系的语言迥异其趣的以综合的思维模式为源头的汉语，其结果必然是用寅恪先生的话来说"非驴非马""认贼作父"。陈先生的言语重了一点，但却是说到了点子上。到了二十一世纪，我们必须改弦更张，把微观与宏观结合起来。除此之外，还必须认真分辨出汉语的特点，认真进行藏缅语系语言的比较研究。只有这样，才庶几能发多年未发之覆，揭发出汉语结构的特点，建立真正的汉语语言学。

归根结底一句话，我认为这是继承发扬赵元任先生汉语研究传统的唯一正确的办法。是为序。

2000年8月30日写毕于雷雨大风声中

《文韬武略宝典——〈论语〉与〈孙子兵法〉》序

一部人类文化史告诉我们，几千年来人类发展的文化不外两大文化体系，一个是东方文化，一个是西方文化。东西方文化的关系是“三十年河东，三十年河西”。以中国文化为基础的东方文化，曾在世界上占主导地位。资本主义兴起以后，西方文化取代了东方文化，垄断世界达数百年之久。现在似乎是渐渐成了强弩之末，济其穷者必然是而且也只有东方文化。

东方文化的基础是综合的思维模式，西方则是分析的思维模式。所谓“综合”，其核心是强调普遍联系，注重整体概念。表现在人与自然的关系上，就是人与自然为一整体，人与其他动物都包括在这个整体之中。中国的“天人合一”，印度的“梵我一如”，都是其表现。

我们东方文化是有些好东西，如《论语》中的一句话：“己所不欲，勿施于人。”能做到这八个字，到共产主义也不过这个水平。类似这么精辟的话多得很。历史上讲宋太祖时赵普曾说过以半部《论语》治天下的话，有人说是胡说八道，我看实际上用不了半部《论语》，有几句话就能治天下。又如《孙子兵法》，海湾战争证明它起了作用。“兵不厌诈”，打击对方虚弱的地方，避开强的地方，这是很简单的常识。诸葛亮的作战经验就是体现《孙子兵法》的精神，体现整体概念。打仗要知天时、知地利、知人和。天、地、人这就是整体概念。弘扬东方文化的目的，不仅是为了中国，更是着眼于世界，把全人类的文化提高一步。若干年以后，东方文化一定会将人类的文化提高到一个更高的水平。

《论语》据我所知，最早是由殷铎泽和郭纳爵译为拉丁文的，以后有了更多的译本，对西方产生了重大影响。《孙子兵法》也早就有了外文译本。现在，中国孔子基金会联合中国孙子兵法研究会共同监制出版这套《文韬武略宝典——〈论语〉与〈孙子兵法〉》世纪珍藏金版书，用最新的高科技手段将儒家经典《论语》和兵家经典《孙子兵法》合印在金纸上，从而使它具有更高的工艺性和珍藏价值。

将两者结合，凸现了中国文化内容博大精深、文武相得益彰的特色。该书的出版，必将使人们进一步感受到东方文化的辉煌，对世界人民提供有益的借鉴与启迪。

2000 年 12 月 19 日

《京剧与中国文化》序

常读到艺术理论家的两句话："越是民族的，就越是世界的。"听说有人提出异议，我对艺术理论不是内行里手，对这种异议不但提不出什么异议，我反而觉得这两句话是有道理的。中国的京剧就是一个例证。

据说京剧原来并不姓京，是由地方戏徽剧逐渐改造成的。徽剧进京以后，经过几代大师的锤炼、改进，去粗取精，去土增京，终于形成了后来的京剧。当我还是大学生的时候，京剧正处于辉煌的顶端，什么四大名旦，几大须生，满街听哼京剧声，京剧院经常爆满。后来梅兰芳博士又赴苏联和美国演出，获得了成功，连苏联的戏剧大师斯坦尼拉夫斯基都加以赞赏，于是民族的一变而成为世界的了。

京剧的关键不在于情节，而在于唱腔。从情节上来看，京剧历史剧最多，关于三国的戏恐怕更多。中国老百姓之所以都能知道诸葛亮、曹操、刘备、关羽等等历史人物，多半与京剧——当然还有小说——有关。但是，真正喜爱京剧的人，并不关心情节，情节他们早已烂熟于胸中了。比如失、空、斩，谁人不知？可是他们仍然愿意看这几出戏。我在这里用了个“看”字，恐怕不妥，真正老戏迷是“听”戏，而不是“看”戏。听的当然就是唱腔了。所以我说，唱腔是京剧的关键。在这一点上，西方的歌剧（opera）颇有类似之处。

星换斗移，时移势迁，人们常说的：“三十年河东，三十年河西。”我认为是适用于宇宙间万事万物，京剧何能例外？在举世审美价值、审美标准、审美观念剧变的情况下，青年人首当其冲。中国以美食甲天下，然而也抵挡不住麦当劳、肯德基等等的冲击，遑论其他！振兴京剧的呼声已经响起多年了；然而，一直到今天，却收效甚微，有识之士，憬然忧之。徐城北先生的这一部书《京剧与中国文化》，也应当归入有识之列，大大地值得我们欢迎。

但是，城北这一本书决不停止于空洞的呼吁上，而是陈义甚高，把京剧与中国文化挂上了钩。从这样一个高度上，他以活泼生动而又谨严有条理的语言，描述了一百年来京剧发展演变的过程。在轻松的气氛中，读者就能深刻而又具体地感悟到中华文化的博大精深，书中有许多细致的情况，圈外人是难以知道的，城北由于多年在剧团工作，他可以说是槛内人，因此就能写了出来，大大地开阔了我们的眼界。我想，读者对此都会感激的。

这样能不能够就振兴京剧呢？我想是能的。但是，京剧衰微，其故颇多，大气候小气候都有，可以说是“冰冻三尺，非一日之寒”。因此振兴起来也就不能操之过急，要求立竿见影是难以办到的。现在我们只能用“润物细无声”的办法，慢慢地，一步一步地，从各个方面，进行工作，假以数年，庶能有成。在这方面，城北做出了重要贡献。我乐于给他这一部书写了上面一些话，就算是序吧。

2001 年 3 月 15 日

《中国少林寺》序

文化，是一个民族之所以能够持续传承发展的最重要的基石。文化传承的载体大别之不外两种，一种是古代流传下来的文献典籍，一种则是人工兴建的建筑物，万里长城是一个典型的例子。嵩山少林寺也属于这一类。

中华民族是伟大的民族。在过去几千年的历史上，我们在精神方面和物质方面都有很多发明创造。但是，我们绝不吝啬，我们慷慨地奉行送去主义，把我们文化的精华送向世界，使全球共此凉热，分享我们的成果。仅以造纸术和印刷术两项而论，这两项技术大大地提高了世界文化传播的速度，扩大了传播的范围。其影响之深远，用什么词句来赞誉也不会过高，如果没有这两项技术，世界文化的发展与传布将会推迟以百年计的时间。

但是，在另一方面，我们又决不故步自封，外国的好东西，只要对我们有用，我们就拿来为我所用。鲁迅的拿来主义是众所周知的。

时至今日，人类已经进入了二十一世纪。但是，新世纪并没有给人民带来新希望。环顾全球，狼烟四起；侵略公行，杀人越货；翻云覆雨，指鹿为马；手挥大棒，唯我独尊。然而，在全球许多地区，饿殍遍野，人民生活在水深火热之中。最令人不安的是，西方挟科技发展之余威，怀抱"征服自然"之壮志，对大自然诛求无厌，穷追不舍。目前在自然界中已经出现了众多的灾害，如臭氧出洞，气候转暖，生态平衡破坏，动植物灭绝的速度加快，如此等等，不一而足。恩格斯早就警告过人们，大自然是会报复的。上面列举的几种灾害不就是大自然的报复吗？人类倘再不悬崖勒马，改邪归正，则发展前途殆矣。

但是，归正必须有一个方向，而这个方向只有中国能指出，中华文化光辉灿烂，方面很广。目前谈中国文化者侈谈弘扬者多，而具体指出哪一方面应首先弘扬者尚未之见。我个人的意见，首先应该弘扬的是中华精神的精髓"和为贵"。历史上许多哲学家的学说，比如什么天人合一、民胞物与等等，体现的都是和为贵精神。连人工修建的长城，体现的也是这种精神。一个侵略者绝不会修筑长城的。

这是我对修筑长城意义的新解，自谓已得其神髓，绝无可疑。

长城和少林寺都是人工修建的东西，不会说话，不会出声；但是，此时无声胜有声。于无声处，人们可以体会出中华文化最根本的东西“和为贵”的精神。在少林寺中，我相信，无论是建筑与壁画，塔林与碑刻，体现的都是这一种精神。

现在又是我们中华民族奉行送去主义的大好时机了。这次我们送去的就是“和为贵”。世界人民企盼和平，如大旱之望云霓。

现在，中华书局推出了三卷本的《中国少林寺》，我看了一些图片之后，联想到若干年前我参观少林寺的印象，因而浮想联翩，想到了中华文化的和为贵的根本精神，真觉得这书是“好雨知时节”的好书。在欣慰之余，写了这一篇短序。

2003年1月8日

《王琦医学丛书》序

中华民族是伟大的民族。我们对全人类做出了意义特别深远、影响特别广大的重大贡献。即以造纸术和印刷术两项发明而论，其影响人类文化之交流与传播，推动人类社会之前进，怎样颂赞也不会过高。

在医药方面，我们也有自己独特的体系。常言道，实践是检验真理的唯一标准。中国医药在中国及其周边几个国家经过了几千年的检验，认为是行之有效的，至今仍流行不辍。但是，直至今日，西方所谓发达国家在接受中医方面，仍在半推半就。西谚云：条条大路通罗马。通向真理的道路绝不止一条。然而以“天之骄子”自居的欧洲中心论者，却要以为，唯我独尊，唯我独正。即使承认了中医在某些方面确实有效，犹抱琵琶半遮面，窘态可掬。

要想真正来谈中西医的区别，应当从哲学的高度着手，从根本思维模式着手。西方主分析，中国求综合，这一点现在逐渐为人们所承认。十几年前，在一次国际会议上，我讲到了中西医。我当时说西医是头痛治头，脚痛治脚。中医是整体概念，普遍联系。这话虽然有点偏颇，但是说到了点子上。西医有自己的长处。主攻方面看准了，一丸入腹，立竿见影。中医开药方，据说有极多讲究。用药有主攻部队，有助攻部队，有防卫部队；万一错了一种药，还有解救部队。中医大夫眼前的病人是一个整体，同宇宙一样。西医大夫眼前的病人只是他身上有病的那一部分。这话也有点偏颇，实际上没有这样简单；但是大的框框恐怕确是这样。我自己不懂医学，以上所谈，不过是道听途说，野狐谈禅而已。

王琦大夫是著名的中医内科专家，誉满神州，名扬海外。中医是一个庞大的体系。王大夫对这个体系有精湛的研究。现在大家都在高唱弘扬中华优秀文化的口号；我认为是谈论多而行动少。中医无疑属于优秀文化之列。现在王大夫正以切实的行动，弘扬中华医药文化。这一套《王琦医学丛书》就是最好的证明。我们中华民族从来不吝啬，有好东西我们就送出去，造纸术和印刷术就是如此。我名之为送去主义。当然，我们也决不故步自封，外国有好东西，我们也拿来为我所用，我称之为拿来主义。送去主义与拿来主义相结合，就是爱国主义与国际主义相结合。我们中华民族做得恰到好处。对于《王琦医学丛书》而言，我们一方面要在国内弘扬。另一方面，我们则奉行送去主义，使中医之光能够照亮世界，使普天下芸芸众生能够共此凉热。

是为序。

2003 年 1 月 20 日

《成语源流大辞典》序

刘洁修先生将其1989年出版的《汉语成语考释词典》扩大为长达六百余万言的《成语源流大辞典》，通过我的学生黄宝生先生和郭良鋆女士，索序于我。原书有吕叔湘先生序。我何人哉！焉敢与叔湘先生并列！所以十分惶恐觳觫。李白的诗“眼前有景道不得，崔颢题诗在上头”，正说明了我的心情。但是，最后我还是答应了，原因是，我似乎有一些话要说。想借题发挥一下。

想说的话，大体上可以分为两类：一类题外，一类题内。仔细推敲起来，内外的界限也并不泾渭分明。俗话说“内外有别”，其实是难以做到的，我看就让它模糊一点吧。

先说题外的话。关于汉语特点的问题，学者们论之者众矣。意见虽很分歧，但确有极高的意见，真正搔到了痒处。有一点却似乎从来没有人谈过，我也是于无意中得之的。先讲一段经历。1956年，中共召开八大。这是解放后第一次大会，所以异常隆重，邀请了全世界友党的领导人参加，因此就需要翻译，组织了一个庞大的翻译处，调集了全国的翻译人才，不管你搞哪一行，什么地位，只要外语好，就必须推掉一切工作，来京参加翻译处的工作。在开会之前很久，各路人马已经齐集西苑饭店。我属于德文组，也是兴奋异常，日夜奋战，丝毫没有感到疲倦，盼来盼去，开会的日子终于到了。会址是在政协礼堂，是当时北京最宏伟的建筑。翻译用的是同声传译的办法。代表们和外宾在楼下大厅里开会发言，同声传译的人坐在三楼上语言不同的小屋子里，手里拿着在西苑饭店译好的稿子，中外文两份，眼观和耳听楼下大厅里汉文或外文的发言，口宣外文或汉文。外宾发言比较少，大量的是汉文发言。我们满怀愉快，以为万事俱备，连东风也不欠了。焉知传译发言时却出了问题，汉文发言者在楼下发言，我们在楼上用最快的速度口宣洋文，等到汉文发言结束时，全体代表热烈鼓掌时，我们传译者还没有能读毕译稿，弄得老外莫名其妙。这显然是不行的。最理想的做法是，汉外同时结束，然后同时鼓掌，这样才能隆重热烈，皆大欢喜。然而任何外语都做不到，译文都比汉文要长，有的还长得很多。

我因此顿悟出一个道理：表达同样的思想感情，汉文是付出的劳动量最少的语言，用的时间最短的语言。几千年以来，从我们的老老祖宗起就使用这种语言，我们节省出来的劳动力和时间，连用天文数字也是难以算得清楚的。

以上算是题外的话。

下面来谈题内的话，也就是汉语成语问题。我年轻的时候，除了《英汉词典》不离手外，很少查汉文词典。有时偶尔查一查《康熙字典》和《辞源》，几乎没有词典可查，我也觉得没有查的必要。我自认不是狂傲的人。当时大概主要是出于糊里糊涂的自信，不查词典，到了年纪渐大，反而越来越觉得离不开词典。我的自信心与年龄适成反比：年龄越大，自信心越小。我认为，这不是倒退，而是进步。我现在查的词典，除了《辞源》与《现代汉语词典》外，就是一些成语词典。眼前这一类词典相当多，但是对我都有用。这是以前完全没有想到的。

我逐渐发现，汉语是世界上成语最多的语言，任何国家的语言都难以望其项背。这又是汉语的最突出的优点和特点之一。写到这里，读者一下子就能把这题内的优点和特点同上面讲到的题外的优点和特点联系起来。我上面曾说到“内”“外”难分，事情不正是这个样子吗？

成语多有什么优点呢？为什么汉语成语特别多呢？这两个问题是有联系的，合并起来加以答复，也是并不困难的。专就优点而答复，一言以蔽之：它能大大地提高汉语的表达能力。这样一来，汉语在简洁之外，又增添了一个表达能力强的优点，真正是如虎添翼，可以睥睨一切了。至于汉语为什么成语特别多，这只能用汉语历史特别悠久，悠久到有几千年的历史这个事实来解释。中华民族是伟大的有天才的民族。我们祖先留给我们的典籍，在数量上和质量上都占世界第一。这是中华民族智慧的结晶，许多成语就产生于其中。成语是智慧结晶的结晶，绝不可以等闲视之。

为什么说成语能提高汉语表达能力呢？语言的功能在于传递思想，表达感情，哪一种语言能传递、表达得最简洁而又充分，最明白而又含蓄，最丰富而又不枯燥，最生动而又不油滑，它就是最好的语言。汉语就是这样一种语言。其所以能够做到这一步，原因当然不止一端，成语多是主要的原因。

要举例子，那就多得不得了。一整部《成语源流大辞典》可以说都是例子。我现在举几个例子，加以解释，以说明我的观点。我先举最常用的“司空见惯”这个成语。这个成语到处都能碰到，谁都懂得它的含义，可是读者必须分为两类。文化水平高懂得这个成语的源流的读者，看到了这个成语，除了理解它的含义之外，会在有意识或无意识中联想到唐代诗人刘禹锡的诗：“鬖髻梳头宫样妆，春风一曲《杜韦娘》。司空见惯浑闲事，断尽江南刺史肠。”有意识或无意识中欣赏这一段风流故事，而从中享受到更幽美的情趣。文化水平不高的读者则不过理解为“平平常常”的意思而已。

我再举一个例子：“亡羊补牢”。这也是一个非常习见的成语，谁都能理解，这是受到损失以后及时设法补救的意思。但是对我在上面说的两类人又有不同的作用。对文化水平低者，不过就是我刚才说的那种理解。对文化水平高的人则会在有意识和无意识之间，增加了情趣，他们会想到《战国策》中的那个故事。想到庄辛对楚襄王说的话：“见兔而顾犬，未为晚也；亡羊而补牢，未为迟也。”这也会增加说不出的情趣。

我再举一个例子：“高山流水”。这个成语来源于《吕氏春秋》，讲的是俞伯牙鼓琴，钟子期听之。伯牙意在泰山，子期就说：“善哉乎鼓琴，巍巍乎若泰山！”过了一会儿，伯牙意在流水，子期就说：“善哉乎鼓琴，汤汤乎若流水！”这就叫做“知音”。钟子期一死，伯牙破琴绝弦，终身不再鼓琴。因为“知音”已亡，再鼓就是“对牛弹琴”

了。从此以后，“高山流水”就成了一个成语，或一个典故（羡林按：有不少成语和典故是难以区分的）。含意比较丰富，最丰富的是表示知音、知己、友谊（死生不渝的友谊）。有时也用来表示乐曲高雅精妙，如此等等。我个人每次读到这个成语或典故，心里总会涌起一股友爱、悲凉、孤独而又温暖的意识流，往往沉思半天。对一般不明成语来源的人来说，其含意不过是获得知己又失去知己而已。

像这样的例子，在本书中可以举出成百上千来。我只举了上面三个例子，可以说是“鼎尝一脔”（羡林按：这也应该算是一个成语），举一反三了。上面三个例子都是源于中国古代典籍。典故都源于古代典籍，而成语只有一部分是，另一部分则来源于老百姓的活语言。专就来源于古代典籍的这不小的一部分来说，它们能够把几百年前的、上千年前的、几千年前的语言或者动人的故事，保留下来，一直保留到今天，在文人墨客的笔下，在老百姓口中，重新焕发了青春，保住了活力，从而丰富了我们语言的表达能力，而且我相信，它们还会流传下去，只要汉语不亡，它们就会永在。能够有这样一种语言，这样一种包含这么多成语的语言，这样一种世界上独一无二的语言，这是我们的幸福。

在上面，我把题外的话和题内的话都说了不少。虽然没能全说完，我看也差不多了。只要你稍一留心，使用汉语的人，不论是讲演，还是著述，不论是对话，还是独白，没有一个或多个成语者几希。连乡下不识字的农民都想使用“实事求是”这个成语，只是由于这个成语对他们太深奥，太陌生，在他们口中就变成了“以实求实”。这是我亲耳在乡下听到的，绝非“假冒伪劣”。就连我在上面写的这些话中，也无意中使用了不少成语，因为它们最经济实惠，缺了不行。这个事实或这个道理相当显明，用不着再多加解释了。

只是还有几个问题，我必须说上几句。首先，在刘先生的《汉语成语考释词典》吕叔湘先生的《序》中引刘先生自己的话：“哪些是成语，哪些不是；哪些成语要收，哪些成语不必收，这就不容易决定。（中略）遇到这种情形，不得不自己划个界限，无法叫人人赞同。”我个人觉得，这是不必要的顾虑。刘先生的意思似乎是想给“成语”下个定义，然后根据亚里士多德的三段论法来决定去取。下定义这玩意儿我认为是西文基本思维模式——分析的思维模式的产品。想给人文社会科学的术语下定义是缘木求鱼的办法，根本行不通的。刘先生自己划个界限，这就是最聪明的办法，是最佳选择。想叫人人赞同，一无可能，二无必要。“吹皱一池春水，干卿何事？”

其次，我想谈一谈使用成语与“转（读作 zhuǎi）文”的区别。有时候似乎看不出什么区别。其实区别是非常大的。“转文”的意思，我想大家都会了解的。一些“半瓶子醋晃荡”的，念过一点旧书而又不甚通的人，为了自命风雅，显示自己的才华，引上两句古书，往往引得并不得当，却自鸣得意。这样的腐儒“转”的文，给人一种腐朽之气。鲁迅笔下的孔乙己也可以归入这个范畴。而使用从古典中来源的成语，正如我在上面所说的那样，却往往能给人以清新之气。“转文”与使用成语的界限是必须严格划分的。

再次，我还想简略地谈一谈“典故”与“成语”的区别。这个问题上面已有所涉及。《现代汉语词典》也有现成的解释，可是我还觉得不够全面和确切。我觉得，只要引用古书中现成的词句或故事，这就是“典故”。引用得经常了，几乎达到尽人皆知的程度，这就叫做“成语”。

最后，我还想提出一个问题：为什么汉语成语多四字？理论上的解释，我目前还做不出来。我只能笼统地说一句：这并不是汉人全都患了“四字狂”，而是由汉语本身的特点所决定的，本来用两个字就够了，比如“扎实”，却非说“扎扎实实”不行。类似的例子还多得很。甚至连“认真”这样的词儿，有些人也非说“认认真真”不行，其中必有道理。从汉语诗歌的发展上来看，最古的诗是四言，

《诗经》可以为证，后来到五言，到七言，有越来越多之势。但是到了七言却戛然而止，没有向九言或更多的言发展，这究竟是为了什么？至于胡适之先生解释骈文（四六文）四字句起源的问题，说什么“骈体文欠文明”（见唐德刚译注《胡适口述自传》，262—264页），是十分荒唐可笑的。真正的原因还有待于进一步的深入探讨。

刘洁修先生穷多年之力，完成了这样一部巨著，探幽烛微，功在士林，我个人十分敬佩。江苏教育出版社又慨然斥巨资，出版此书，亦为出版界极为难得之举，我也不能不表示我的敬佩。本来在文债重压之下，只准备写上几百字；然而下笔不能自休，竟写成了这样一篇四五千字的序言，并提出了许多可能是怪异之论，尚祈士林君子有以教我！

2003年6月